로또부터 장군까지 10

2024년 2월 21일 초판 1쇄 인쇄
2024년 2월 26일 초판 1쇄 발행

지은이 게르만
발행인 김관영

기획 이기헌 왕소현 임동관 박경무 강민구 조익현
책임편집 오영란
마케팅지원 이원선

발행처 (주)로크미디어
출판등록 2003년 3월 24일
주소 서울시 마포구 마포대로 45 일진빌딩 6층
Tel (02)3273-5135 **Fax** (02)3273-5134
홈페이지 rokmedia.com **E-mail** rokmedia@empas.com

값 9,000원

ISBN 979-11-408-2216-4 (10권)
ISBN 979-11-408-1132-8 04810 (세트)

CONTENTS

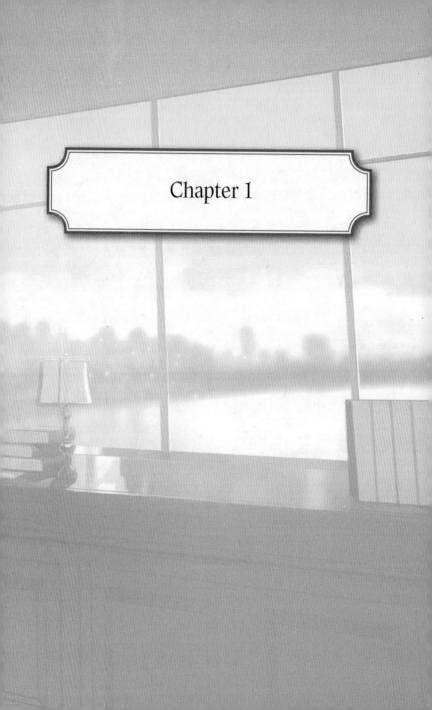

Chapter 1

이영훈이 진심이냐는 표정으로 물었다.

"진심이야?"

"예, 단장님과 대대장님 두 분 다 전 병력이 특급전사가 되는 걸 바라고 계시는 상황이고 그를 위한 좋은 방법을 제시해 보라고 하셔서 이걸 만들었습니다."

"아무리 그래도 그렇지…… 이게 효과가 있냐? 너무 장난 같지 않아?"

"중대장님, 물 2리터는 못 마셔도 맥주 2리터는 드시지 않습니까?"

"그치?"

"운동도 마찬가지입니다. 3시간 뜀걸음은 못 해도 3시간 축구는 가능하지 않습니까. 빡세게 하면 뜀걸음보다 효과가 더 좋을 겁니다."

뭐든 놀이가 접목되면 덜 힘든 법이다.

실제로 대한이 경험한 것이기도 했고.

'대위 때 지휘관 잘못 만나서 온종일 축구만 했는데 그거 덕분에 참모 때 찌운 살 다 빼긴 했지.'

심지어 체력도 특급을 찍을 수 있었다.

이영훈도 대한의 말을 듣고 일리가 있다고 생각했는지 고개를 끄덕이며 말했다.

"그렇게 말하니 할 말이 없네. 다른 건 축구 싫어하는 애들 때문에 만든 거지?"

"예, 그렇습니다."

"좋네, 그럼 얼른 보고하고 퇴근해. 통과되면 말만 좀 해 주고. 그럼 바로 축구 팀 짜 놓을 테니까."

"아, 팀은 짜실 필요 없으실 겁니다."

"왜?"

"작전장교님이 다 알아서 하실 겁니다."

이영훈은 현정국의 이름이 나오자 절로 인상을 찌푸렸다.

"……단이랑 붙을 거야?"

"아, 상대편은 아니고 이번엔 같은 편입니다."

그 말에 이영훈의 표정이 더 오묘해졌다.

"같은 편? 그게 돼?"

"물론입니다."

"또 뭔 음흉한 생각이 있나 본데 일단 알았다."

자세하게 묻지도 않았다.

신뢰 있는 부하가 진행하는 일이었으니까.

이영훈이 오케이 하자 대한도 서둘러 보고서를 마무리한 후 박희재에게 가져갔다.

박희재는 대한의 보고서를 보고는 연신 웃음을 터트렸다.

"큭큭, 스포츠를 통해 체력 단련을 한다고?"

"예, 병력들이 좋아할 것으로 예상됩니다."

"그래, 좋아하겠네. 그나저나 마지막에 있는 이건 뭐냐? 대회를 나간다고?"

"예, 단 작전장교랑 이야기한 건데 대회 준비와 병행한다면 동기부여가 되서 병력들 체력이 더 확실하게 올라갈 것으로 사료됩니다."

"동기부여 좋지. 역시 대한이다, 이런 것도 다 세심하게 체크하고. 오케이 통과!"

"감사합니다!"

박희재가 흡족한 표정으로 엄지를 치켜들어 주었다.

박희재에게 통과 받은 대한은 그대로 단으로 올라갔다.

그리고 현정국을 만나 보고서에 대한 설명을 해 주었다.

"대대장님께 통과 받았고 단장님께 보고드리러 왔습니다. 대회 일정 나오면 바로 말씀드릴 테니까 작전장교님께서 계획

만들어서 보고드리면 될 것 같습니다."

대한은 현정국에게 공을 떠먹여 주었고 눈치 빠른 현정국은 흔쾌히 대한의 제안을 받아들였다.

"이런 건 언제 다 만들었냐? 그나저나 하루 종일 축구한다니…… 벌써부터 심장이 뛰는구만."

노는 거 싫어하는 사람이 어디 있겠나.

물론 주요 직위자인 현정국은 일을 끝내고 참가해야 했지만 그의 성격상 축구를 위해 일을 빨리 끝내려고 노력할 게 분명했고 그로 인해 더 효율적으로 일할 것이었다.

'일하는 방법도 제대로 배우겠네.'

아마 운이 좋다면 이번 기회에 매일 야근할 필요가 없다는 걸 스스로 깨닫게 되겠지.

현정국의 칭찬을 들은 대한은 그대로 이원영에게 보고를 하러 들어갔고 이원영은 체력만 늘리면 된다며 대한에게 전 인원 특급을 받을 수 있게 잘 준비하라고 말해 주었다.

'하루 종일 뛰는데 특급 안 나오는 게 더 이상하지.'

드디어 모든 일들이 마무리가 됐다.

대한은 그제야 막사로 이동해 퇴근 준비를 했다.

그때, 대한의 휴대폰이 울렸다.

031로 시작하는 번호.

뭐지?

'스팸인가.'

그래도 혹시 몰라 전화를 받았다.

스팸인 줄 알고 안 받았다가 중요한 전화면 큰일이었으니까.

"예, 전화 받았습니다."

─…….

그런데 돌아오는 대답이 없다.

대한이 다시 한번 더 말했다.

"여보세요?"

─…….

역시 조용했다.

대한은 몇 초 더 기다리다 그대로 전화를 끊고 퇴근을 했다.

✳

그날 밤.

대한은 숙소에서 쉬다가 박태현을 불렀다.

특별한 일이 있는 건 아니고 얼굴이나 볼 겸 심심해서 불렀다.

이런저런 일들로 안 본 지 꽤 됐으니까.

"소대장님!"

"어, 왔냐."

"맨날 저 버리고 돌아다니시더니 갑자기 무슨 일이십니까?"

"무슨 일이긴. 그냥 너 보고 싶어서 불렀지. 그리고 내가 널 왜 버리냐? 꼬우면 너도 나 따라오지 그랬어?"

"하핫, 그리고 싶지만 전 전문하사라 간부자격인증평가에서도 제외였지 않습니까."

"말은 잘하네."

"진심입니다."

틀린 말은 아니었다.

전문하사는 거의 모든 평가에서 제외됐으니까.

그도 그럴 게 군에서는 전문하사를 군 생활을 계속할 사람으로 보진 않기에 그런 것.

그렇기에 군인들의 제일 큰 보너스인 성과상여급에서도 제외가 되었다.

대한은 다른 사람은 몰라도 박태현이 평가에서 제외된 것이 참 아쉬웠다.

'어차피 군 생활 계속하게 만들 놈인데 이런 자력은 있는 게 좋단 말이지.'

직접 건의를 해서라도 다음에는 꼭 참가를 시켜야겠다고 생각했다.

"진심이면 너도 다음 평가 준비하고 있어 봐."

"예?"

"평가 치를 수 있게 해 줄 테니까 준비해보라고."

그 말에 박태현이 얼른 손을 저었다.

"아휴, 저는 됐습니다."

"왜, 휘장 하나는 가지고 있으면 좋잖아."

"전역하면 아무 쓸모없지 않습니까."

"그래도 남은 기간 동안 제대로 인정받으면서 군 생활할 기회잖냐. 혹시 알아? 전역하고도 도움 될지."

"인정이라……."

박태현은 뭔가 떠올랐는지 고민을 시작했다.

'전역하고 써먹을 수 있다는 것에 끌리는 건가?'

그냥 한 말인데 저리 진지하게 받아들이다니.

박태현이 물었다.

"혹시 이번에 선발된 간부들 중에 하사도 있습니까?"

"아니, 없지. 상사 두 명에 나랑 중대장님이 끝이야."

"그럼 만약에 선발되면 하사는 저 혼자라는 말씀이십니까?"

"응, 아마? 생각보다 힘들긴 해. 중위도 나 하나뿐이었으니까."

그 말에 박태현의 입술이 동그랗게 오므려졌다.

"그렇다면 바로 내일부터 준비하겠습니다. 유니크함은 또 못 참는 거 아니겠습니까."

"그치, 업적작은 중요하지."

그때였다.

대한의 휴대폰이 또 한 번 울렸다.

퇴근할 때 봤던 031로 시작하는 번호였다.

대한이 미간을 찌푸리자 박태현이 슬쩍 고개를 내밀어 휴대폰을 봤다.

"스팸입니까?"

"몰라, 아까도 이 번호였는데 전화를 받아도 아무 말이 없더라. 그냥 스팸 아냐?"

"오, 뭔가 좀 무섭습니다. 근데 스팸은 보통 02나 070으로 오지 않습니까?"

"그치?"

"지금 한번 받아 보시고 이번에도 대답 없으면 그땐 차단해 버리십쇼."

"그럴까?"

대한이 구시렁대며 전화를 받았다.

"예, 전화 받았습니다."

—…….

그러나 이번에도 돌아오는 대답이 없다.

대한이 조용히 한숨을 내쉬며 말했다.

"누구십니까? 전 김대한이라는 사람인데 잘못 거신 거면 그만 전화 거세요."

—…….

그러나 이번에도 돌아오는 대답이 없다.

그러자 곁에 있던 박태현도 한마디 거들었다.

"누구십니까. 말씀하십쇼."

그러나 이번에도 침묵.

대한이 짜증 나는 표정으로 전화를 끊자 박태현이 웃으며 물었다.

"어디 이상한 곳 가입하신 거 아닙니까?"

"바빠 죽겠는데 그런 거 가입할 시간이 어딨냐?"

"그냥 스팸일 수도 있을 것 같습니다. 사실상 우리나라 국민들 개인 정보는 이미 해외로 다 팔려 나갔지 않습니까."

"그건 맞지. 근데 031이라…….'

다른 건 둘째 치고 시작 번호가 031인 게 계속 눈에 밟혔다.

그때, 대한의 머릿속에 무언가 스쳐 지나갔다.

"태현아, 군대 공중전화 번호 확인하는 방법 있냐?"

"군대 공중전화는…… 저도 잘 모르겠습니다. 공중전화인지는 전화해 보면 바로 알 수 있지 않습니까?"

대한은 곧장 걸려 온 번호로 전화를 걸어보았다.

전화를 걸고 잠시 기다리자 '툭' 소리와 함께 전화가 끊겼고 몇 번을 반복해도 같은 결과였다.

대한이 심각해진 표정으로 박태현에게 물었다.

"이거 번호 검색하면 위치 나오나?"

"그런 것까진 잘 모르겠습니다. 왜 그러십니까?"

"알겠다. 일단 나 먼저 올라간다. 너도 가서 쉬어라."

"예, 쉬십쇼! 충성!"

대한은 서둘러 숙소로 들어와 컴퓨터를 켜고 검색을 해 보았다.

하지만 아무것도 나오지 않았고 대한의 머릿속에는 윤승주의 이름이 떠나가질 않았다.

'설마 아니겠지. 아니여야 하는데.'

근데 기분은 왜 이렇게 불안한 걸까?

대한은 잠시 고민하고는 천용득에게 전화를 걸었다.

"충성! 퇴근 이후에 죄송합니다."

―아니다. 무슨 일이야?

천용득은 대한의 목소리에서 다급함을 감지했는지 바로 용건을 물었다.

대한은 있었던 일들을 설명했고 천용득은 잠시 말이 없었다.

―일단 번호부터 바로 확인해 주마.

"예, 감사합니다."

대한은 천용득이 다시 전화가 오길 기다렸고, 그로부터 몇 분이 흘렀을까.

천용득의 전화가 다시 걸려 왔다.

―그 번호 28사단 677포병대대 거라고 하더라.

그 말에 대한은 심장이 쿵 내려앉는 것 같았다.

윤승주가 거의 맞을 것 같다는 예감이 들었기 때문이다.

'결국 일이 이렇게 된다고?'

혹시 몰라 천용득한테 부탁까지 했는데 결국 이런 일이 터지다니.

천용득뿐이겠는가?

요즘은 28사단장이 취임하고 부조리를 제대로 잡는다고 노력까지 하고 있는 상황.

그런데도 이런 일이 벌어졌다는 건……

대한의 대답이 돌아오지 않자, 천용득이 조심스레 물었다.

-뭔 일 있는 거냐?

"아직은 확실하지 않습니다만, 제가 혹시 몰라 번호를 알려 준 친구가 있는데 느낌이 그 친구가 전화를 한 것 같습니다."

-그래? 근데 거긴 내가 가기도 좀 그런데…… 이거 사단장님께 말씀드려야 하나.

사단장에게 말해 봤자 아무 소용없을 것이다.

이번 사건은 간부들도 관련되어 있는 만큼 일반적인 방법으로 잡는 건 거의 불가능했으니까.

'그놈들이 얼마나 나쁜 놈들인데……'

대한은 잠시 고민을 하고는 천용득에게 방법을 제안했다.

※

다음 날 아침.

대한은 일과 전 박희재의 호출을 받고 대대장실로 향했다.

박희재는 그답지 않게 심각한 얼굴로 대한을 맞이했다.

대한도 무거운 마음으로 경례를 한 뒤 자리에 앉자 박희재가 물었다.

"괜찮겠냐?"

"예, 그렇습니다."

"후, 어제 전화 받고 생각해 봤는데 이건 아무리 생각해 봐도 많이 걱정된다."

대한은 어젯밤 천용득에게 특별한 방법 한 가지를 제안했고 그 말을 들은 천용득은 박희재의 허락을 받기 위해 박희재에게 전화했다.

그래서 지금 대한이 이 자리에 있는 것.

박희재가 심각한 표정으로 물었다.

"네가 일반 병사로 위장해 그 부대에 잠시 다녀오는 거? 부조리 찾기에는 굉장히 좋다고 생각한다. 근데 그렇게 되면 너도 부조리를 당해야 하는데 버틸 수 있겠냐? 멀쩡한 애들도 이상하게 만드는 놈들인데 난 네가 다칠까 봐 그게 제일 걱정된다."

"몸 성히 돌아올 테니 믿어 주십쇼."

"후, 내가 설마 너를 못 믿겠냐. 그놈들을 못 믿는 거지. 무튼 사단장님 허락 떨어져야 가는 거니까 일단 기다려 보자."

박희재는 담배를 꺼내 피우며 천용득의 전화를 기다렸다.

그러기를 잠시, 천용득으로부터 전화가 왔고 박희재가 스피커폰으로 전화를 받았다.

─선배, 사단장님이 올라오라고 하셨답니다.

사단장의 호출이 떨어졌다.

"하…… 그렇냐?"

-예, 선배. 허락 맡을 수 있으면 올라오라고 하셨는데 괜찮으시겠습니까?

천용득도 대한이 걱정되는 것 같았다.

그도 그럴 게 이번 건은 간부로서 조사를 하러 가는 것과는 달리 병사로 전입해 들어간 순간부터 온갖 부조리를 당할 게 확실시 되는 상황이었으니까.

그것도 가벼운 부조리가 아닌 매우 악랄한.

박희재는 대한을 한번 쳐다보고는 조용히 한숨을 내쉬었다.

"나도 마음 같아서는 거절인데…… 대한이는 괜찮단다."

-대한이야 뭐든 괜찮다고 할 놈이지 않습니까.

"그렇긴 한데…… 그나저나 28사단에는 갈 만한 사람 없대? 내가 사단장이면 사단에서 알아서 골라 투입시켜 보겠구만."

-저도 말씀드려 봤는데 이미 헌병들은 바쁘게 일하고 있고 그쪽 소대장들은 못 믿겠다고 하십니다.

"대한이는 믿겠대? 뭘 안다고?"

그 말에 천용득이 어색하게 웃으며 말했다.

-하하…… 그게 제가 대한이 칭찬을 하도 많이 해 놨더니 28사단장님도 대한이를 대충 알고 있습니다.

"야이씨……."

-그, 그래도 무조건 투입이 아니라 일단 대한이랑 대화해 보고 투입시킨다고 하셨습니다.

"후…… 일단 알겠다. 근데 사단장이 얘 안 챙겨 줘서 뭔 사달이라도 나면 그땐 나 가만히 안 있는다?"

─걱정하지 마십쇼! 대한이도 이제 제 부하나 다름없습니다.

"자식이 말은…… 그래서, 언제 보내면 되는데?"

─준비되면 바로 말씀해 주십쇼. 그때 맞춰서 저도 바로 출장 나가겠습니다.

그 말에 박희재가 눈짓으로 물었고 대한이 대신 답했다.

"그럼 지금 바로 출발하겠습니다."

하루하루가 지옥인 애가 있다는 걸 뻔히 아는데 늦게 갈 수 있나.

천용득은 대한의 대답을 듣고는 웃으며 말했다.

─같이 있었구나. 좋다, 바로 출발해라. 기다리고 있으마. 조심히 올라오고.

"예, 그럼 좀 있다 뵙겠습니다."

박희재는 천용득의 전화를 끊고는 대한에게 물었다.

"파견 명령 오늘부터 내야겠네."

"아닙니다. 대대장님. 그냥 제 휴가로 다녀오겠습니다."

"뭔 소리야? 안 돼."

박희재는 휴가를 쓴다는 말을 단호하게 거절했다.

하지만 대한도 단호했다.

"제가 고집부려서 가는 건데 파견 명령 내시면 대대장님도 곤란해지십니다. 그리고 저 어차피 휴가 많이 남는데 이럴 때 쓰겠습니다."

사실이었다.

그렇기에 박희재는 결국 고개를 끄덕일 수밖에 없었다.

"도움 못 줘서 미안하다. 암튼 대한아, 진짜 안 되겠다 싶으면 바로 복귀해. 그 새끼들 잡는 것 보다 네가 몸 안 상하는 게 더 중요하다."

"예, 알겠습니다. 혹시라도 못 버티겠으면 바로 복귀하겠습니다."

"당연히 그래야지. 그보다 이번에 쓴 휴가는 내가 단장한테 뜯어내든지 해서 어떻게든 복구시켜 줄 테니까 너무 걱정하지 말고."

"하하, 아닙니다. 어차피 다 못 쓸 정도로 남아 있습니다."

"자식이…… 내가 휴가 안 보내 주는 것도 아닌데 너도 휴가 좀 써라."

"대대장님 덕분에 군 생활이 즐거워서 휴가를 써야겠다는 생각을 못 하고 지냈습니다."

그 말에 박희재가 씩 웃었다.

"하여튼 뭔 말을 못해. 무튼 조심히 다녀오고 도착해서 연락 남겨라."

"예, 다녀오겠습니다. 충성!"

대한은 천용득이 알려 준 곳으로 차를 몰았고 휴게소 한번 안 들렀음에도 4시간이 넘게 걸려 겨우 도착할 수 있었다.

28사단 위병소에 도착하자 천용득이 대한을 기다리고 있었다.

"충성!"

"잘 지냈냐? 오느라 고생했다."

"아닙니다. 생각보다 금방 왔습니다."

"밥은?"

"아직 식전인데 부대 들어가서 먹겠습니다."

"급한 것도 없는데 밥은 먹고 오지…… 일단 사단장님 기다리고 계시니까 얼른 뵙고 오자."

대한은 천용득의 차로 갈아타고는 사단장을 만나기 위해 이동했다.

잠시 후 사단장실 문이 열렸고 방순철 소장이 대한을 보고 자리에서 일어났다.

그런데…….

'와…… 이 양반도 한 인상하네.'

인상 험악하기가 거의 선병조급이었다.

방순철은 대한의 경례를 가볍게 받고는 그대로 악수를 청했다.

"중위 김대한!"

"잘나가는 중위 얼굴을 이렇게 보다니 영광이다."

"아닙니다! 아시는 분들이 소문을 좋게 내주신 것 같습니다."

"그럼 잘나가다는 건 거짓이야?"

갑작스레 목소리를 까는 방순철.

그러나 대한의 내공도 만만치 않다.

대한이 넉살 좋게 받아쳤다.

"하하, 못 나가진 않는 것 같습니다."

그 말에 방순철이 흥미롭다는 듯 대한과 천용득을 번갈아 보더니 천용득에게 말했다.

"듣던 대로네."

"예, 여러모로 재밌는 친구입니다."

"그래, 일단 앉지."

대한은 가벼운 테스트를 통과하고는 방순철이 안내한 자리로 가서 앉았다.

방순철이 대한을 보며 물었다.

"요즘 중위들은 다른 부대에 관심이 많나?"

"다른 부대는 아니지만 그 부대에는 관심이 있습니다."

"지인 있다고 그랬나?"

"예, 그렇습니다."

"내가 여기 사단장 오자마자 부조리 척결에 제일 신경 썼다는 건 들었지?"

천용득을 통해서 확인한 사항이었다.

방순철은 특히나 똥군기, 부조리를 싫어했기에 부임하자마자 강도 높은 척결을 시행했다.

그런 와중에 대한이 예하 부대에 부조리가 있다고 하니 사실 좀 불편한 사항이긴 했다.

그리고 대한도 그의 능력을 의심하는 건 아니었다.

다만.

'약 좀 친다고 바퀴벌레가 전부 죽는 건 아니지.'

대한이 방순철에게 조심스럽게 말했다.

"예, 익히 들어 알고 있습니다. 하지만 사단장님이 부임하신 지도 좀 되셨고 그새 다시 부조리가 생겼을 수도 있지 않겠습니까?"

"내가 두 눈 시퍼렇게 뜨고 있는데 또 생긴다고?"

사단장한테 군대를 가르칠 수도 없고 대답하기 곤란한 질문이었다.

그래서 대한은 능숙하게 주제를 바꾸었다.

"간부들이 어떻게 하는지는 확인 안 하셨지 않습니까?"

그 말에 방순철의 눈이 커졌다.

"간부들? 간부들이 부조리를 한다고?"

"병사를 하다가 그 부대 간부가 된 인물들도 있으니 모르는 일이지 않겠습니까."

말 그대로였다.

방순철은 간부들에 대한 조사를 강하게 한 적은 없었다.

간부가 부조리하다는 건 전혀 생각지도 못 했으니까.

방순철이 잠시 고민하고 입을 열었다.

"그럼 만약 네가 이번에 간부들 부조리를 찾아내면 난 여태 군 생활을 잘못하고 있었던 것이나 다름없겠군."

"그, 그런 뜻으로 말씀드린 건 아닙니다."

"그런 뜻 맞잖아."

방순철은 대한을 지긋이 노려보았고 대한은 긴장이 되기 시작했다.

'안 한 걸 대신 해 준다는 데 왜 이래?'

어떻게 이 상황을 빠져나갈까 고민하던 그때 방순철이 피식 웃었다.

그러자 천용득도 웃으며 말했다.

"제가 재밌는 놈이라 그랬지 않습니까."

"그러네. 준장도 나한테 이렇게까진 이야기 못하는데. 중위라 그런가 용감하다."

"생각 없이 움직이는 애가 아니라서 일단 한번 보내 보시면 좋은 결과 들고 올 겁니다."

"부조리 척결에 도움 주면 나야 고맙지. 천 중령이 이런 중위를 알고 있어서 내가 손 안 대고 코 풀게 생겼네."

쯧.

또 장난이었어?

참 못난 아저씨들이다.

대한이 속으로 안도의 한숨을 내쉴 때쯤 방순철이 말했다.

"그 이병은 사단으로 빼 주면 되는 거지?"

"예, 제가 갈 때쯤엔 그 친구가 없어야 합니다."

"오냐, 그렇게 해 주마."

"감사합니다."

"시간은 얼마나 걸릴 것 같나?"

부조리를 다 찾는데 얼마나 걸릴까.

솔직히 하루 이틀 가지고는 부족할 듯 했다.

대한은 잠시 고민하고 답했다.

"그래도 일주일은 걸릴 것 같습니다."

"일주일? 그렇게나 오래 있으려고?"

"예, 최소 그 정도는 있어 봐야 부대의 생리를 알 수 있지 않겠습니까?"

대한의 씩씩한 대답에 방순철이 대한을 마음에 든다는 듯 바라봤다.

"확실하겠구만. 좋다. 가 봐라. 부대장한테는 내가 말해 놓으마."

"감사합니다."

흔쾌히 허락이 떨어지자 대한은 가벼운 마음으로 천용득과 함께 사단장실에서 나올 수 있었다.

사단장실을 나온 천용득이 대한에게 웃으며 말했다.

"방 소장님이 너 마음에 드시나 보다."

"전 좀 무섭게 느껴졌습니다."

"어우, 그건 말도 못 하지. 빡센 지휘관으로는 1, 2등 다툴걸?"

"미리 말 좀 해 주시지 그러셨습니까."

그 말에 천용득이 키득거렸다.

"미리 준비해 봤자 뭐가 달라지겠냐, 너 같이 잘하는 놈은 그냥 부딪히는 게 오히려 더 나아."

그걸 왜 그쪽이 마음대로 판단하시냐고요.

대한이 조용히 한숨을 내쉬자 천용득이 대한의 등을 두드려주었다.

"그래도 마음에 드는 사람들은 잘 챙겨 주시는 분이니까 좋은 경험했다고 생각해."

"예, 알겠습니다."

엄두호도 나름 힘든 양반이었지만 방순철은 그보다 더했다.

일단 외적으로 풍기는 분위기가 너무 달랐다.

'그래, 확실히 좋은 경험이지. 이젠 누구를 봐도 무섭지 않겠어.'

대한은 천용득의 칭찬을 받으며 위장 전입을 준비했다.

예컨대 옷을 바꿔 입고 계급장 갈이를 하는 등.

천용득이 물었다.

"준비는 이 정도면 된 것 같고, 설정은 다 기억하지?"

"예, 그렇습니다."

고작해야 일주일이었지만 최대한 티 안 나게 잠입하려면 디테일한 설정을 필수였다.

대한은 그 과정에서 일부러 녀석들을 자극할 수 있는 요소들을 집어넣었다.

이윽고 준비를 마친 두 사람은 문제의 포병부대로 이동했다.

천용득이 위병소에서 출입 절차를 마치고 돌아와 대한에게
말했다.

"다음 주에 데리러 오면 되는 거지?"

"예, 다음 주까지 연락 없으면 그렇게 해 주시면 됩니다."

"연락은 매일 해야 하는 거 아니냐?"

글쎄.

내가 여기서 연락을 할 수 있을까?

그래도 일단 대답했다.

"가능하면 매일 할 수 있게 노력해 보겠습니다."

"흠, 그래. 불가능할 수도 있지. 일단 알겠다."

천용득이 막사로 대한을 데려다주러 가는 길.

주위를 둘러보던 대한이 천용득에게 말했다.

"여기서 잠시만 세워 주실 수 있으시겠습니까?"

"여기서?"

천용득은 바로 차를 세워 주었고 대한은 곧장 차에서 내려
산비탈로 올라갔다.

그리고 뭔가 던져 놓고는 그대로 차에 탑승했다.

"뭐냐?"

"안전장치를 마련해 두었습니다."

"안전장치?"

"개인 휴대폰이랑 이것저것입니다."

"참나, 그냥 전화 때리면 되지, 뭘. 자, 도착했다."

천용득이 대대 인사과로 대한을 인계했고 대한은 인사과장의 지시에 따라 인사과에서 대기하기 시작했다.

그러기를 몇 분, 얼마 뒤 하사 하나가 인사과에 들어왔다.

"충성, 신병 데리러 왔습니다."

"일찍 왔네, 지원관님. 데리고 가십쇼."

"이야, 인사과장님. 그나저나 갑자기 의무병을 왜 이렇게 많이 줍니까?"

"모르죠. 아참, 참고로 얘 윤승주랑 같은 학교 같은 학과 출신입니다."

의무지원관인 박범진 하사는 인사과장의 말에 흥미롭다는 듯 미소를 지었다.

"이야, 진짜 별일이 다 있네. 야, 가자. 일어나."

"이병 김대한! 예, 알겠습니다!"

"오, 목소리. 존나 A급인데?"

"감사합니다!"

"그럼 과장님, 고생하십쇼."

인사과장은 손을 들어 주고는 두 사람을 인사과에서 내보냈다.

잠시 후, 생활관에 도착한 대한은 전방을 향해 경례했다.

"충성!"

그러자 구석에 앉아 있던 최규민 병장이 대한에게 관심을 가지기 시작했다.

"오…… 장난감이 계속 들어오네?"

장난감.

그 말에 대한의 눈에 이채가 돌기 시작했다.

그 말에 다른 병사가 대답했다.

"그러게 말입니다. 윤승주 없어서 심심할 뻔했는데 사단에 파견 가자마자 바로 이렇게 올 줄 몰랐습니다."

최규민이 큭큭 웃으며 박범진에게 물었다.

"박 하사님, 얘 뭐 특이사항 있습니까?"

그 질문에 대한은 기가 찼다.

최규민의 말투가 마치 보고받는 상관의 그것이었기 때문이다.

하나 박범진은 당연하다는 듯이 대답했다.

"윤승주랑 같은 학교 같은 과 출신이란다. 나이는 한 살 더 어리고."

"와, 존나 운명이네."

"그렇지. 잘 챙겨 줘라. 난 간다."

"아, 박 하사님. 오늘 어떻게 하실 겁니까?"

"보급관님이랑 이야기 좀 해 보고 말해 줄게."

"예, 알겠습니다."

오늘?

대체 뭘 한다는 거지?

로또부터
장군까지

대한은 이곳의 모든 일을 머릿속에 담아 두기 위해 온 신경을 집중했다.

　이윽고 박범진이 생활관에서 나가자 최규민이 대한에게 오라고 손짓했다.

　대한은 서둘러 최규민에게 다가가 그의 앞에 앉았다.

　그러자 최규민이 질문을 시작했다.

　"여자친구 있나?"

　"없습니다!"

　"누나나 동생은."

　"동생 하나 있습니다."

　"남자, 여자."

　"남동생입니다."

　"하…… 학교에 친구들은 많아?"

　"조용히 학교생활 하는 중이라 많이 없습니다!"

　최규민은 대한의 말이 끝나기 무섭게 고개를 내저었다.

　그러자 주위에서 두 사람을 집중하고 있던 병사들이 한마디씩 거들기 시작했다.

　"목소리는 폐급 아닌 거 같은데……."

　"쯧, 윤승주는 친구라도 많았는데."

　"하, 다른 걸로 재미 봐야 하나."

　대한은 주변의 반응에 어이가 없었다.

　대답 잘만 했는데 왜 지랄들일까?

뭐 오히려 잘됐다.

난 이 녀석들에게 어떤 먹잇감이 될지 궁금했으니까.

그때, 최규민이 대한에게 물었다.

"야, 훈련소에서 뭐가 제일 먹고 싶었냐?"

그 말에 대한의 눈치가 빠르게 돌았다.

'이건 분명……'

악기바리가 분명했다.

해병대도 아닌데 악기바리라니.

하지만 부조리에 국경이 어딨고 소속이 어딨을까?

사고 사례들을 보면 살아 있는 곤충이나 배설물을 먹인 경우도 있었으니 말이다.

최규민의 물음에 대한이 그나마 괜찮을 것 같은 것을 떠올렸다.

"홈런볼이 제일 먹고 싶었습니다."

그러자 주위 병사들이 키득거리기 시작했다.

"이야…… 이 새끼 봐라?"

"어디서 주워들은 건 또 있나 보네."

"존나 괜씸하지 않냐? 난 초코파이 먹고 싶다고 했는데."

역시.

반응을 보니 악기바리가 맞는 모양.

그때 최규민이 대한의 어깨에 손을 걸치더니 음흉하게 쳐다보며 말했다.

"이 새끼 이거 아주 깜찍한 새끼였네. 일단 짐부터 풀어라."

뭐지.

아직은 아닌 건가?

그의 말에 일단 짐부터 풀었고 그 사이 일과 시간이 끝났다.

그동안 생활관에는 대한 혼자만 남아 있었는데 이어진 식사 시간에도 대한은 혼자 방치되어 있었다.

어이가 없었다.

'이게 무슨…… 설마 밥도 안 챙겨 줘?'

이럴 줄 알았으면 천용득과 밥이라도 먹고 들어올 걸 그랬다.

'그래도 첫날에는 좀 챙겨 줄 줄 알았더니만…….'

너무 큰 바람이었나 보다.

게다가 아직 중대장과 보급관 얼굴도 못 본 상황.

부대가 전체적으로 제정신이 아닌 것 같았다.

그렇게 하릴없이 선임들을 기다리고 있자 얼마 뒤, 녀석들이 담배 냄새 풀풀 풍기며 생활관에 나타났다.

그런데 녀석들의 손에 피엑스 봉지가 가득 들려 있었다.

그것을 본 대한은 생각했다.

'올 게 왔구만.'

최규민이 대한의 옆에 앉으며 말했다.

"야, 오늘 저녁 대신에 저거 다 먹으면 된다. 알겠어?"

"예, 알겠습니다."

그래서 굶긴 거구만?

그래도 다행이라면 다행인 건가.

다른 데선 밥까지 먹인 다음에 식고문을 시킨다던데.

근데 피엑스 봉지를 살핀 대한은 뭔가 이상함을 느꼈다.

'내 홈런볼 어디 갔어?'

먹고.싶다던 홈런볼은 보이지도 않았다.

대신에 식감이 아주 거친 과자들이 책상에 가득 쌓이기 시작했고 포만감이 큰 초코 과자들도 한 움큼씩 나오기 시작했다.

최규민이 과자 봉지를 통통 치며 말했다.

"선임들 피 같은 월급 털어서 사 온 거니까 하나라도 남기면 안 되겠지?"

"……예, 그렇습니다."

"일단 먹자. 저거 다 먹으면 그다음에 뭐 해야 할지 알려 줄게."

쯧.

각오하고 온 곳이긴 하지만 막상 상황을 보니 막막한 건 어쩔 수 없다.

그래도 어찌하랴?

모든 건 다 스스로 불러온 재앙이거늘.

대한은 과자 봉지를 뜯었다.

그러고는 최대한 빠르게 우겨 넣기 시작했다.

느리게 먹으면 느리게 먹는다고 지랄할지 모르니까.

그 모습을 본 병사들이 재밌다는 듯 웃기 시작했다.

"이 새끼, 초반부터 전력 질주하는데?"

"좋은 전략이긴 한데…… 저런다고 얼마나 먹겠냐."

"아직 짬찌는 짬찌네. 생각이 짧아."

생각이 짧긴.

천천히 먹는다고 이걸 다 먹을 수 있을 것 같냐?

매도 먼저 맞는 게 낫다고 빨리 맞고 치우는 게 낫지.

얼마 뒤, 대한의 먹는 속도가 느려지자 아니나 다를까 최규
민이 대한에게 웃으며 말했다.

"벌써 배불러?"

"예, 더 못 먹겠습니다."

대한이 당당하게 말하자 최규민이 어이없다는 표정으로 대
한을 바라봤다.

"선임들이 산 건데 남겨?"

"그럼 제가 선임들한테 과자 값을 드리겠습니다."

"……뭐?"

"그러면 제가 사서 먹은 게 되는 것 아니겠습니까. 이미 제가
먹은 건 선임들이 사 주신 거라 생각하고 감사히 먹겠습니다."

그 말에 최규민은 물론이고 구경을 하고 있던 병사들이 다
들 놀란 눈으로 최규민을 바라보았다.

그도 그럴 것이 이등병이 이런 적은 단 한 번도 없었으니까.

게다가 논리적으로도 맞는 말.

대한은 녀석들의 반응을 기다렸다.

'이제 어떻게 할래?'

대한은 마냥 들이받을 생각은 없었다.

여기 온 건 녀석들의 부조리를 잡기 위함이었으니까.

그래서 약간의 도발을 섞었다.

어차피 지금 사온 이것들도 최규민의 돈은 아닐 테니까.

대한을 한참 쳐다보던 최규민이 물었다.

"야, 일어나 봐."

"예."

"너 돈 많아?"

"과자 살 정도는 있습니다."

"끝까지 말대꾸네?"

"아닙니다."

최규민이 뒤에 있는 과자들을 확인했다.

"돈은 됐고. 난 네가 저거 다 처먹는 거 봐야겠으니까. 닥치고 처먹어."

흠.

역시 이렇게 나오는 건가.

어쩔 수 없군.

대한은 자리에 앉아 천천히 과자를 먹기 시작했다.

이왕 이렇게 된 거 그냥 다 먹기로 했다.

그것도 아주 천천히.

'지금 바로 다 먹으라곤 안 했잖아?'

그러자 그 모습을 본 병사 하나가 최규민에게 말했다.

"최뱀, 이 새끼 천천히 먹으려는 모양인데?"

"하, 요즘 신병들 왜 이러는 거지?"

최규민은 자리에 앉기 무섭게 자리에서 일어나 대한에게 성큼성큼 다가와 대한의 멱살을 잡고 거칠게 일으켰다.

"배불러서 못 처먹는 거지? 형이 좀 도와줄게."

그 말과 동시에 대한의 복부에 최규민의 주먹이 꽂혔다.

"속에 있는 과자 좀 다져 놓으면 또 들어갈 거야."

퍽! 퍽!

최규민은 연거푸 대한의 배를 가격했고 대한은 이를 악물고 참기 시작했다.

'집에서도 맞아 본 적이 없는데 여기서 처음 맞아 보네.'

못 버틸 정도는 아니었다.

최근 엄청난 운동량으로 몸이 잔뜩 올라와 있는 상태였으니까.

하지만 속이 울렁거리는 건 못 참았다.

대한은 화장실에 가려다 최규민의 미소를 보고는 근처 쓰레기통을 잡고 속을 게워 냈다.

그 모습을 본 병사들이 눈살을 찌푸리며 질겁했다.

"으, 더러워."

"아, 최뱀. 여기다 토하는데 어떻게 합니까!"

"우웩! 나도 토할 거 같아."

이윽고 속을 게워 낸 대한이 입을 훔치며 말했다.

"바로 비우고 오겠습니다."

다행히 그것까진 막지 않았다.

이윽고 대한이 생활관을 벗어나자 다른 병사들이 화가 난 최규민의 눈치를 보기 시작했다.

그때, 한 병사가 최규민에게 말했다.

"최 병장님, 오늘은 여기까지만 하시죠?"

"……뭐?"

"저 새끼 더 먹여 봤자 또 토할 텐데 그럼 저희 잠 못……."

그 순간.

짜악!

최규민은 병사의 뺨을 그대로 후려쳤다.

생활관의 분위기는 순식간에 가라앉기 시작했고 최규민이 병사들에게 말했다.

"오늘 저 새끼 입에서 죄송하단 말이랑 눈에서 눈물 뽑을 때까지 아무도 못 자니까 알아서들 해."

"……예, 알겠습니다."

목표를 정해 준 최규민은 흡연을 위해 생활관을 벗어났다.

그리고 한편.

대한은 화장실에서 쓰레기통을 씻으며 한숨을 내쉬었다.

'이걸 어떻게 버티고 있었냐.'

대한이니까 이렇게라도 대응할 수 있지, 다른 신병들이 받았을 부담은 상상도 되지 않았다.

그렇기에 대한은 더더욱 저놈들을 용서할 생각이 없었다.

이윽고 대한이 생활관에 복귀하자 뺨이 빨갛게 달아오른 병사가 대한을 향해 차갑게 말했다.

"야, 빨리 다 처먹어. 아니면 우리 다 못 자니까."

그 말에 대한이 주위를 둘러보고는 물었다.

"최 병장님은 어디 가셨습니까."

"네가 그게 왜 궁금한데?"

"그러지 말고 먹는 거 좀 도와주십쇼."

"……뭐?"

"어차피 제가 이거 다 먹기 전까진 선임분들도 못 주무시지 않습니까. 그러니 조금이라도 도와주십쇼. 과자 값은 돌려드리겠습니다."

그 말에 병사들의 눈동자가 흔들리기 시작했다.

그래.

너희들도 힘들겠지.

병장 하나 때문에 잠도 못 자고 돈도 털리고.

그래서일까?

병사들은 대한의 제안에 따라 하나둘씩 과자를 먹기 시작했고 그 모습에 대한은 녀석들로부터 여러모로 연민의 감정을 느겼다.

'그래, 어떻게 보면 얘네도 다 이런 걸 겪었겠지.'

나이도 비슷한 녀석들이 군대에 끌려와서 부대 잘못 배정된 죄로 이런 생활을 하는 것이다.

그때, 뺨이 부어오른 병사…… 상병 김준배가 대한을 쳐다보더니 말했다.

"아, 근데 생각해 보니까 열받네? 이등병 찌끄레기가 뭔데 이딴 제안을 하냐?"

뻐억!

그 말과 함께 대한의 옆구리를 걷어 차 쓰러뜨렸다.

그의 손찌검에 대한이 인상을 와락 구겼다.

'불쌍하단 거 취소다.'

성격 더러운 지휘관들도 손찌검은 하지 않았다.

이어서 김준배가 말했다.

"선임이 건드렸는데 관등성명도 안 대?"

"죄송합니다. 이병 김대한!"

"쪼개지 말고 빨리 처먹어."

"예, 알겠습니다."

내가 언제 웃었는데?

그때, 최규민이 다시 생활관에 복귀했고 과자를 먹던 병사들이 바퀴벌레처럼 흩어졌다.

최규민은 복도에서 김준배의 목소리를 들었는지 미소를 짓고 있었다.

"이야, 준배."

"상병 김준배."

"잘 하고 있구만?"

"하하, 아닙니다. 아깐 죄송했습니다."

"아니야, 그럴 수도 있지. 잠깐만 와 봐."

최규민은 김준배를 데리고 구석으로 갔고 무언가 이야기를 시작했다.

대한은 과자를 먹으며 그들의 이야기에 집중했고 충격적인 사실을 들을 수 있었다.

"오늘 밤에 박 하사랑 나가기로 했는데 너도 같이 갈래? 형이 오늘 미안한 것도 있고 좋은 곳 한번 쏠게."

"저야 좋습니다. 그런데 최 병장님, 최근에 돈 많이 쓰셨다고 하시지 않으셨습니까?"

"많이 썼지. 박 하사한테 한 턱 쏜다고 많이 나갔다."

"아, 그럼 전 나중에 가도 괜찮습니다."

그 말에 최규민이 대한을 슬쩍 보고는 말했다.

"괜찮아, 저 새끼 들어왔잖아."

"아, 맞네. 알겠습니다. 그럼 점호 끝나고 바로 준비하겠습니다."

"그래, 저 새끼 기강 잘 잡아 놔. 괜히 귀찮게 만들지 말고."

"예, 걱정하지 마십쇼."

그 말에 대한이 속으로 인상을 좁혔다.

'이 자식들 설마 맘대로 외출까지 하는 거야?'

아무래도 정황상 그런 모양.

그때 김준배가 다가와 대한에게 윽박질렀다.

"속도 좀 내라 새끼야. 밤새도록 처먹을 거야?"

"이병 김대한! 빨리 먹겠습니다!"

대한은 서둘러 과자를 입안으로 밀어 넣기 시작했고 아까 게워 낸 것과 더불어 병사들이 도와준 덕분에 결국 과자를 전부 먹을 수 있었다.

그것을 본 최규민이 흡족함에 말했다.

"거 봐라. 먹을 수 있다고 했잖아."

"예, 그렇습니다."

그런데 그때였다.

최규민이 새로운 과자를 한 봉지 더 꺼내더니 대한의 옆에 앉으며 물었다.

"야, 신병. 그나저나 너 월급 한 번도 안 썼지?"

대한은 최규민의 질문에 인상을 좁혔다.

'내 월급은 왜?'

예상 가는 게 있어서 더 어이가 없었다.

아니나 다를까, 한 치의 예상을 빗나가지 않았다.

최규민이 노골적으로 대한의 관물대를 쳐다보며 말했다.

"네 카드 좀 빌려줘라."

"······잘못 들었습니다?"

"아, 씨발····· 야, 두 번 말하게 할래?"

어처구니가 없네.

이렇게 대놓고 삥을 뜯을 줄이야.

대한은 어이가 없었지만 순순히 카드를 건넸다.

혹시 몰라 준비해 온 건데 꼼꼼하게 준비하길 잘했다는 생각이 든다.

대한의 카드를 받아 든 최규민이 그제야 온화한 목소리로 말했다.

"짜식, 형이 월급 들어오면 바로 갚을게."

"예, 알겠습니다."

갚기는 무슨.

그 말을 누가 믿을까?

대한은 차라리 잘됐다고 생각했다.

'가져가서 열심히 써라. 어차피 사용 기록은 다 남을 테니.'

대한에게 카드를 받은 최규민은 그 뒤로 점호가 끝날 때까지 대한을 건드리지 않았다.

얼핏 보면 좋은 듯했지만 이건 이것대로 고역이었다.

최규민이 건드리지 않자 아무도 대한에게 다가오지 않았으니까.

덕분에 대한은 제자리에 각 잡고 앉아 지루한······ 아니, 지옥 같은 시간을 보낼 수밖에 없었다.

'가만히 앉아 있는 게 이렇게 힘들 줄이야.'

이내 점호 시간이 되었다.

하나 간부는 들어오지 않았다.

참 이상했다.

'여기 간부들 얼굴은 대체 언제 볼 수 있는 거야?'

대한도 점호를 융통성 있게 하는 편이지만 이 부대는 융통성이 좀 과한 편이었다.

그도 그럴 게 최규민이 지휘 통제실로 내려가 보고를 하는 게 끝이었으니까.

잠시 후, 최규민이 생활관에 들어와 김준배를 불렀다.

"준배."

"예, 최 병장님."

김준배가 밝은 표정으로 답하자 최규민 역시 따라 웃으며 말했다.

"박 하사가 좀 있다가 여기로 올라온단다. 좀 늦을 것 같다니까 기다렸다가 가자."

"하하, 예. 알겠습니다."

그러고는 본인 자리로 돌아와 환복을 시작했다.

'그래도 점호할 때 전투복은 입나 보네.'

그런 생각을 하고 있을 때였다.

"야, 신병."

"이병 김대한!"

"양치했어?"

"예, 하고 왔습니다."

"제대로 한 거 맞아?"

대한은 최규민을 쳐다봤다.

장난기 가득한 얼굴이 묘한 공포감을 자아냈다.

'또 뭐 시키려고?'

주변에서 그 모습을 지켜보던 병사들도 재밌는 구경거리를 보듯 기대하는 표정들이었다.

대한이 조심스럽게 답했다.

"예, 깨끗하게 하고 왔습니다."

"깨끗하게 하긴 개뿔…… 선임인 내가 알려 줘야겠구만."

말을 마친 최규민은 대한의 관물대를 뒤져서 치약을 찾아냈다.

그런 다음 새 치약 한 통을 대한에게 건네며 말했다.

"아까 많이 먹었잖아. 위도 깨끗하게 하려면 치약 한 통 싹 다 삼켜야 해."

"……잘못 들었습니다?"

"네가 들은 게 맞아. 먹어."

친절하게 뚜껑까지 열어 주는 최규민.

그 악랄함에 대한은 슬슬 한계를 느끼기 시작했다.

'그냥 엎어 버릴까?'

여태 나온 부조리만 모아도 충분할 것 같다는 생각이 든다.

그때였다.

"새끼, 쫄기는. 농담이야, 인마. 누가 이 닦는데 치약을 먹이냐?"

"……그렇습니까?"

"우리 대한이가 나한테 돈도 빌려줬는데 내가 어떻게 너한테 치약을 먹이겠냐. 쫄지 말고 편히 있어, 편히."

하.

농담이 아닌 것 같은데?

대한이 눈을 좁히자 최규민이 의미심장한 어조로 뒷말을 덧붙였다.

"근데 정말 치약으로 위세척하기 싫으면 앞으로도 돈은 낭낭하게 있어야 할 것 같기도 하고?"

미친놈.

그게 목적이었구만.

이윽고 박범진이 나타나 두 사람을 데리고 갔고 점호도 그렇게 얼기설기 끝났다.

'이딴 곳이 군대라니…….'

황당하다 못해 기가 찼다.

그나저나 그놈들은 대체 어딜 가는 걸까?

여긴 최전방 연천인 만큼 주변엔 산과 들뿐일 텐데?

'나중에 카드 내역 까 보면 알게 되겠지.'

얼마 뒤, 취침 시간이 시작됐고 대한은 그제야 겨우 침대에 누울 수 있었고 불이 꺼지자 여기저기서 금방 코 고는 소리가 들려왔다.

그때 대한의 옆 침대에서 누군가 플래시는 켜는 걸 볼 수 있었다.

맞선임 정일윤 일병이었다.

플래시를 켠 그는 종이에 무언가를 적기 시작했는데 그것을 지켜보던 대한이 조심스레 물었다.

"정 일병님."

"뭐야, 안 잤어?"

"예, 뭐 하십니까?"

"조용히 하고 빨리 자. 선임들 깨면 큰일 난다."

대한은 플래시로 비춘 종이를 보고는 물었다.

"공부하시는 겁니까?"

"어, 약품들 이름. 너도 조만간 시작이야. 미리 외울 수 있으면 외워 둬."

의무병이라서 약품 이름을 외우는 건가?

하지만 굳이?

어차피 약은 금방 찾을 수 있게 정리 잘해 두지 않나?

대한이 물었다.

"굳이 약 이름을 외우는 이유를 여쭤봐도 되겠습니까?"

"낸들 아냐, 선임들이 하래서 하는 거지. 모르면 글자 하나당한 대씩 맞으니까 무조건 외워."

아.

설마설마 했는데 이것조차 부조리였을 줄이야.

그래.

왜 갑자기 쓸데없이 약 이름 따월 외우나 했다.

그것도 영어 스펠링까지 상세하게 말이다.

대한은 선임들의 창의적인 똘끼에 혀를 내두를 수밖에 없었다.

그도 그럴 게 짧은 건 짧았지만 약 이름 중에 긴 건 무척이나…… 아니, 어마어마하게 길었기 때문이다.

그러니 약 이름 하나를 모르면 기본 열 대는 깔고 맞아야 한다는 것.

대한이 조용히 고개를 내저었다.

'그래도 나한테 곧잘 알려 주는 걸 보니 아직 쟤는 덜 물들었나 보네.'

사실이었다.

설마 여기 있는 모든 사람이 오자마자 악마였겠는가?

절대 아니다.

다들 밑바닥에서부터 부조리를 견디며 참고 또 참으며 서서히 악마가 되어 갔다.

하나 정일윤은 아직 군 생활을 한 지 반년도 채 되지 않았다.

그래서 대한에게 연민을 느끼고 있었다.

'쓰레기 같은 새끼들.'

대한이 분노를 삼키며 억지로 눈을 붙였다.

잠이라도 자야 내일을 버틸 수 있을 테니.

✳

다음 날 아침.

대한은 혹시 몰라 기상나팔이 들리기 전에 일어나 대기했다.

그 모습을 본 정일윤이 앞으로도 그렇게 하라며 조용히 칭찬했고 대한은 뒤이어 다른 선임들의 모포를 정리했다.

그런데 그때, 최규민의 근처로 가자마자 지독한 술 냄새가 풍겨졌다.

'뭔 짓거릴 하고 왔나 했더니 술을 처먹고 들어왔다고?'

참 대단한 부대였다.

당나라 부대도 이 정도는 아니었을 텐데…….

대한은 코를 골며 자는 최규민을 깨울까 하다 이내 그냥 놔두기로 했다.

원래도 병장은 깨우는 게 아니라고 알고 있었지만 최규민은 그 히스테리가 배는 더 심할 것 같아서였다.

'누가 깨워도 깨우겠지.'

정일윤도 따로 언질이 없는 걸 보니 일단은 그냥 놔두기로 했다.

가만히 있어도 반은 간다고 했으니까.

그런데 더 황당한 건 그다음이었다.

'아침 점호도 안 나와?'

심지어 김준배도 안 나왔다.

점호를 끝내고 올라가니 두 사람은 생활관에서 컵라면을 먹고 있었다.

아직 조식을 먹기도 전인데 말이다.

김준배가 퉁퉁 부은 얼굴로 말했다.

"아, 어제 너무 많이 마신 것 같습니다."

"그래, 너 많이 먹더라. 나도 오랜만에 양주 먹어서 그런지 속이 안 좋다."

"식사하러 가실 겁니까?"

"아니, 이거 먹고 다시 좀 자야지."

양주라…….

내 돈으로 양주를 처먹었구나.

근데 대체 어디서 먹은 거지?

설마 룸?

대한은 속으로 한숨을 내쉬며 조용히 자리로 이동했다.

괜히 저놈들 눈에 띄어 봤자 또 무슨 부조리를 당할지 몰랐으니까.

이윽고 대한은 드디어 첫 식사를 할 수 있었다.

'짬밥이 이렇게 반갑다니.'

어젠 밥 대신 과자를 먹었다.

심지어 한번 게워 내고 또 먹었다.

그래서일까?

오늘 먹은 짬밥은 대한이 먹은 십수 년의 군 생활 짬밥 중 가장 맛있게 느껴졌다.

대한이 식판을 싹 비우고 대기하고 있자 얼마 뒤, 식사를 마친 선임들이 당연하다는 듯 빈 식판을 대한에게 건네기 시작했다.

'나 보고 닦으라는 거겠지?'

근데 무슨 말도 안 하고 그냥 덜렁 주기만 하나?

어이가 없었다.

그래도 신병인데 최소한의 오더는 내려야 하지 않나?

대한은 선임들이 남긴 잔반을 비운 뒤 식판까지 모두 닦은 후에야 흡연장으로 이동했다.

그리고 선임들의 흡연까지 마저 기다리고 나서야 막사로 복귀할 수 있었다.

막사로 복귀하자 대한은 그제야 중대장을 볼 수 있었다.

"충성!"

"어, 네가 신병이구나."

중위 전선욱.

조사한 바로는 학군 출신으로 대한보다 한 기수 선배였다.

당연히 장기에는 관심이 없는 사람이었고 전역을 앞두고 군 생활을 완전히 내려놓은 듯했다.

그 증거로 전선욱은 대한을 보고는 손을 한번 흔들어 준 뒤 그대로 읽던 책과 함께 중대장실로 들어가 버렸으니까.

'하…… 저 미친놈.'

전선욱에 비하면 2소대장 백종우는 양반…… 아니, 천사 혹은 에이스로 보였다.

그도 그럴 게 백종우는 그래도 자기 할 일은 했으니까.

물론 요즘은 대부분 자기 할 일을 대한에게 떠넘기고 있긴 했지만 그래도 병력관리 만큼은 철저한 편이었다.

'전역할 때까지 조용히 지내고 싶으면 병력관리는 필수지.'

본인만 사고를 안 친다고 조용히 전역할 수 있는 게 아니었다.

자기 밑에 있는 병력들도 사고를 안 쳐야 조용한 전역이 가능한 거지.

대한이 전선욱을 보며 생각했다.

'너도 곱게 전역하긴 글렀다.'

군 생활을 잘못 배워도 너무 잘못 배웠다.

저러니 학군이 욕을 먹는 거 아니겠나.

속으로 고개를 내저은 대한은 얼마 뒤, 갑자기 박범진의 호출을 받아 그를 찾아갔다.

박범진이 구급통을 챙기며 말했다.

"넌 오늘 나랑 사격장 좀 가자."

"예, 알겠습니다."

사격 시 사격장에 구급차는 항상 대기하고 있어야만 했다. 혹시 모를 사고에 바로 대응해야 하니까.

하지만 웬만해선 사고가 나지 않는 게 보통이었고 그 덕에 사격하는 동안 대기하고 있는 부사관이나 의무병들은 그 어느 때보다도 편안한…… 소위 말하는 '꿀 일과'를 챙길 수 있었다.

대한은 생활관에서 방탄을 챙겨 박범진을 따라나섰고 차를 타고 사격장으로 가는 내내 박범진이 뿜어내는 술 냄새와 헛구역질 소리를 들어야만 했다.

그뿐이랴?

가면서 창문 밖으로 가래침은 또 얼마나 뱉는지…….

'무슨 히드라 새끼도 아니고.'

구급차는 이내 사격장에 도착했고 박범진은 사격하는 지휘관에게 얼굴을 비춘 뒤 뒷자리에 있는 이송침대에 누웠다.

"밥 먹을 때 되면 깨워라."

"예, 알겠습니다."

명령을 내린 지 1분도 채 지나지 않아 코를 골며 잠든 박범진.

그래.

차라리 이게 낫다.

적어도 생활관에 있으면 최규민 그 자식의 부조리에 놀아나야 하니까.

대한은 조수석에 앉아 멍하니 사격장을 바라보고 있다가 오전 사격이 끝나자마자 박범진을 깨웠다.

"사격 끝났습니다."

"어읍, 씁. 야, 나 못 일어나겠으니까 밥은 그냥 이따 부대 가서 먹자."

"……예, 알겠습니다."

박범진의 말에 운전병은 익숙한지 주머니에서 초코바 하나를 꺼내 대한에게 주었다.

대한은 운전병이 준 초코바를 멍하니 쳐다보았다.

'지 잔다고 병사들 결식까지 시킨다고……?'

여긴 대체 뭐 하는 곳일까?

이세계라도 되는 것일까?

대한은 헛웃음을 터뜨리며 초코바 포장지를 뜯었고 그렇게 또다시 결식을 할 수밖에 없었다.

✳

사격이 마무리되고 부대로 복귀한 대한은 시간을 확인하자마자 곧장 식당으로 이동하려고 했다.

'설마 이번에도 못 먹게 하진 않겠지.'

이 부대 간부들이 알고 있는지 모르겠지만 군에서 식사는 명령이었다.

식사를 하지 않으면 병사들의 전투력이 떨어지고 병사들의 전투력이 떨어지면 부대 전체의 전투력 저하로 이어지니 다들 다른 건 몰라도 결식만큼은 예민하게 반응하는 것.

그러나 불길한 예감은 늘 맞아떨어진다고 대한은 이번에도 식당으로 가지 못했다.

박범진이 누군가의 연락을 받더니 다급히 대한을 부른 것.

"야, 신병아."

"이병 김대한."

"우리 잠깐 대대장님한테 다녀와야겠다. 오늘 관사에 대대장님 손님 오신다네."

관사에 손님이 오는데 내가 왜 가?

그 말이 목구멍까지 차올랐지만 일단 따라나섰다.

그리고 관사에 도착한 대한은 박범진을 따라 주변에 자란 잡초를 뽑기 시작했다.

그리고 잡초 뽑기가 끝난 후에 톱 한 자루와 도끼 한 자루를 챙겨 관사 뒤에 있는 산을 오르기 시작했다.

톱을 본 대한은 에이 설마 아니겠지 하며 그를 따라 나섰으나 아니나 다를까.

"적당히 보고 잘라라."

"……예, 알겠습니다."

대한에게 장작을 만들 것을 명령했다.

대한은 톱질을 하면서도 다시 한번 황당함을 감출 수 없었다.

'부대에 있는 나무를 막 잘라도 되는 거야? 아니, 그건 둘째 치고 여기 대대장은 이렇게 장작 구해 오는 건 알고 있는 건가?'

등신이 아닌 이상 분명히 알 것이었다.

그도 그럴 게 시중에 판매하는 장작과 이런 식으로 구해 온 장작은 생김새부터가 달랐으니까.

'사적 지시도 모자라서 이런 것까지 시키다니…… 대대장아, 너도 곱게 전역하긴 글렀다.'

다행히 박범진도 놀고만 있는 건 아니었다.

그 또한 빨리 끝내고 내려가고 싶었는지 가져온 도끼로 열심히 나무를 팼다.

그런 다음 두 사람이 각자 양팔로 끌어안을 정도의 장작들이 만들어지고 나서야 두 사람은 관사로 내려올 수 있었다.

관사 한구석에 장작을 내려놓은 뒤, 박범진이 대대장에게 가 보고했다.

그러고는 다시 돌아와 대한에게 말했다.

"고생했다. 퇴근하자."

"예, 고생하셨습니다."

대한을 버려두고 홀로 가 버리는 박범진.

그래.

내가 너한테 뭘 바라겠냐.

대한은 고개를 저으며 홀로 식당으로 향했다.

그런데 식당에 있어야 할 저녁들은 시간이 늦은 관계로 이미 짬통에 다 들어가 있었다.

'하, 여긴 근무자 식단도 없어?'

식당에는 항상 퇴근이 일정치 않은 위병 근무자들을 위해 약간의 식사를 남겨 놓는데 여긴 그런 것도 없는 것 같았다.

대한은 이렇게 된 거 그냥 혼자 피엑스 가서 끼니를 때우기로 했다.

그런데 피엑스에 도착할 때쯤 자신의 카드가 자신에게 없음을 깨달았다.

'하, 이럴 줄 알았으면 다른데다 카드 하나 더 숨겨 놓는 건데.'

이젠 헛웃음도 안 나왔다.

그때, 피엑스 안에 있던 최규민이 대한을 발견하고 밖으로 나왔다.

"야, 신병."

하.

저놈은 왜 또 여기서 나와?

그러나 최규민뿐만이 아니었다.

피엑스 창문 너머로 다른 병사들도 보였는데 회식이라도 하는지 다들 거하게 한상 차려 놓고 먹는 중이었다.

대한이 서둘러 뛰어가자 최규민이 물었다.

"이제 복귀하는 길이냐?"

"복귀는 좀 전에 했는데 관사에 대대장님이 지시하신 사항 처리하고 왔습니다."

"이야, 보고 깔끔한 거 봐라. 그래서 잘했어?"

"……잘못 들었습니다?"

"그래서 혼자 밥 먹으러 갔냐고. 선임들이 널 얼마나 기다렸는지 알아?"

이건 또 뭔 소리야?

난 밥도 못 먹었는데?

게다가 대한의 선임들은 대한을 기다리지 않았다. 그도 그럴 게 대부분이 결식하고 피엑스에서 식사를 했으니까.

그들이 결식한 이유?

뻔했다.

최규민이 한턱 쏜다고 데려간 것.

'저것도 내 카드로 긁었겠지.'

대한이 속으로 한숨을 내쉬며 답했다.

"죄송합니다. 보고할 시간이 없어서 그랬습니다."

"죄송하면 군 생활 끝나냐? 됐고, 생활관 올라가서 반성하고 있어."

"예, 알겠습니다."

대한은 몹시 허기졌지만 참기로 했다.

어차피 이런 것조차 각오하고 온 곳이었으니까.

대신 혼자 있는 이때를 십분 활용키로 했다.

'지금 마음의 편지를 넣어 봐야겠군.'

기대도 안 됐지만 어쨌든 마음의 편지가 제대로 기능하는지도 확인해야 했다.

좀 있다 사람들이 돌아다니기 시작하면 마음대로 돌아다니기도 힘들었으니까.

대한은 서둘러 생활관 병사들의 부조리들을 적어 내려갔고 화장실에 있는 마음의 편지함에 종이를 집어넣고 왔다.

혹시 몰라 몇 장 더 작성해 중대장, 대대장, 연대장 마음의 편지함에도 전부 넣었다.

'이렇게 되면 가장 먼저 반응이 오는 건 중대장과 대대장이겠지.'

수시로 확인하고 조치해야 하는 게 그들이 할 일이었으니까.

물론 기대는 하지 않는다.

병력관리에 관심 없는 중대장이나 사적지시 하는 대대장이나 그 나물에 그 밥일 테니.

마음의 편지를 나누어 넣고 얼마 뒤, 식사를 마친 최규민과 병사들이 껄렁하게 복귀했다.

오자마자 자신을 괴롭힐 거라고 생각했던 것과는 달리 놀랍게도 점호 전까지 아무 일도 없이 흘러갔다.

하나 문제는 점호가 끝나고 벌어졌다.

최규민이 당직사관에게 보고하고 돌아오는 길에 손에 무언가를 들고 들어왔다.

그러고는 책상에 던져 놓으며 말했다.

"이야, 이런 건 진짜 오랜만이다."

"뭡니까 이게?"

"읽어 봐."

"최규민 병장이 음주를 하고…….'

최규민이 들고 온 것.

다름 아닌 대한이 작성한 마음의 편지였다.

그것을 본 대한은 너무 어이가 없어 자기도 모르게 육성을 내뱉었다.

"와…… 저게 이런 식으로 나온다고?"

그 말에 최규민이 헛웃음을 터뜨렸다.

"너야말로 이렇게 벌써 자백을 해 버린다고?"

그러더니 대한에게 다가와 뺨을 후렸다.

아니, 후리려고 했다.

따귀가 작렬하기 직전 대한이 그의 손목만 잡지 않았더라면.

손목을 잡힌 최규민이 물었다.

"뭐 하냐?"

"그만하자. 나도 더 이상은 못해 먹겠다."

"못 해먹어?"

그 순간, 최규민이 반대 손으로 대한의 얼굴에 주먹을 휘둘 렀고 대한의 얼굴이 후린 방향 그대로 돌아갔다.

아프진 않았다.

다만.

'이건 무조건 멍들겠구만.'

그렇기에 대한은 슬슬 이 연극을 끝내야겠다고 생각했다.

집어넣은 마음의 편지까지 최규민의 손에 들려 나오는데 더이상 연극을 해서 무엇하랴?

그 순간, 좋은 생각이 났다.

'잠깐만. 멍?'

그래.

멍이 있었구나.

그 어느 때보다도 확실한 증거가.

최규민이 휘두른 주먹을 휘휘 저으며 말했다.

"웃긴 새끼네, 이거. 네가 못해 먹으면 뭐 어쩔 건데? 꼬우면 전역이라도 하게?"

"못 할 것 같냐?"

"뭐?"

"너희 지금 나한테 실수하는 거야. 나 사실 중위다. 너희 부조리를 잡기 위해 일부러 여기 들어온 거고. 그러니 기회 줄 테니까 지금이라도 가만히 앉아서 반성이나 하고 있는 게 어때?"

"하, 시발……."

최규민의 인상이 본 것 중에 가장 크게 구겨진다.

최규민이 말했다.

"준배야, 내가 시발 이딴 개소리까지 듣고 있어야겠냐?"

"죄송합니다. 야, 가서 헛소리 못하게 밟아라."

그 말에 병사들이 일제히 달려들어 대한을 밟기 시작했다.

그래.

열심히 밟아라.

열심히 밟아서 최대한 증거를 남겨라.

대한은 몸을 웅크려 고통을 최소화했다.

최대한 몸에 멍 자국이 많이 남도록.

특히 김준배가 열과 성을 다해 대한을 밟았다.

"중위? 중위? 이 시발 새끼가 쥐약이라도 처먹었나! 네가 중위면 난 준장이야 십새야!"

대한은 인내했다.

참고 참아서 병사들이 제 풀에 지쳐 나가 발길질이 멈추자 그제야 아무렇지도 않은 듯 자리에서 일어났고 그것을 본 최규민과 김준배가 흠칫 놀랐다.

"무, 뭐야?"

그 물음에 대한이 옷에 묻은 먼지를 털어 내며 말했다.

"다 밟았냐?"

"뭐?"

"아까도 말했지만 난 김대한 중위다. 너희들의 부조리를 잡기 위해서 일부러 여기로 온 장교라고. 근데 너흰 내 말을 무시했고 장교까지 폭행했다."

"아니, 근데 이 새끼가 아까부터……!"

밟으면 꿈틀해야 하는데 대한은 너무 멀쩡했다.

보다 못한 최규민이 화가 나서 주먹을 휘둘렀으나 더 이상은 맞아 줄 이유가 없었다.

얼핏 봐도 이 정도면 전신에 피멍이 들었을 테니까.

그래서 최규민의 손목을 잡았다.

그리고.

우드득!

여태 참은 분노를 모아 있는 힘껏 손목을 꺾었다.

녀석의 팔은 수수깡처럼 돌아갔는데 당연했다.

최정예 전투원과 가오만 부릴 줄 아는 똥병장의 힘 차이는 누가 봐도 확연한 것이었으니.

대한의 제압술에 놀란 병사들이 눈을 키운 채 아무 말도 못 했다.

그 모습들을 본 대한이 길게 한숨을 뱉으며 말했다.

"새끼들이 안 좋은 것만 배워 가지고……."

더 이상 참을 이유가 없다.

언더커버 작전은 여기서 끝이었다.

대한이 비튼 손목 그대로 최규민을 밀어 넘어뜨렸다.

그런 다음 막사 밖으로 발걸음을 옮겼다.

이제 그만 천용득을 부를 때가 됐다고 생각했기 때문이다.

그 순간, 넘어진 최규민이 소리쳤다.

"야! 가서 안 잡고 뭐 해!"

그 말에 대한이 살벌한 눈빛으로 경고했다.

"따라오지 마라, 팔 꺾이기 싫으면."

그러나 최규민도 지지 않았다.

"씨발! 야! 저대로 탈영하는 거 두고 볼 거야? 그럼 전부 다 영창 가는 거 몰라!"

탈영과 영창.

그 말에 병사들은 동요했으나 그래도 먼저 나서는 이가 없었다.

최규민을 한손으로 제압하는 대한의 압도적인 무력을 보았기 때문이다.

우물쭈물하는 병사들을 보던 대한은 '병신들'이라 중얼거리며 자리를 이동했다.

그러고는 천용득과 차를 타고 오며 숨겨둔 '안전장치'가 있는 장소로 향했고 그곳에 도착해 비닐에 쌓여 있는 휴대폰을 꺼내 들었다.

휴대폰을 미리 꺼두어 배터리는 확실했다.

전원을 켠 대한은 곧장 천용득에게 전화를 했고 천용득은 기다리고 있었는지 대한의 전화를 바로 받았다.

ㅡ어, 대한아.

"충성, 천 중령님. 저 죽을 것 같습니다."

ㅡ……뭐?

"웬만하면 일주일은 버텨 보려고 했는데 오늘 보니까 더 이상 증거 수집 안 해도 될 것 같습니다. 사단장님께 보고드리고 헌병들도 싹 데리고 와 주십쇼."

—……바로 출발한다.

무겁기 그지없는 천용득의 목소리.

심지어 비장하기까지 하다.

전화를 끊은 대한은 다시 막사로 돌아가려다 이내 휴대폰을 던져 두었던 비탈에 드러누웠다.

비탈에 드러눕자 새카만 하늘에 걸린 달이 보였고 침묵이 이어지자 곳곳에 숨어 있던 풀벌레 소리가 들려오기 시작했다.

그러나 대한은 하늘에 걸린 달도, 풀벌레 소리도 들리지 않았다.

지금 이 순간 생각나는 건 딱 하나뿐이었다.

'승주가 얼마나 힘들었을까.'

자신은 고작해야 이틀이었다.

아니, 체류 시간만 따지면 이틀도 안 될 것이다.

고작 이 정도 시간만 해도 사람이 괴로워 미칠 것 같은데 믿을 구석 하나 없는 윤승주는 낯선 타지에서 얼마나 힘들었을까 그 고충이 상상도 되지 않았다.

'걱정하지 마라, 내가 반드시 처벌해 줄 테니까.'

그로부터 한참 뒤, 주변이 소란스러워지기 시작했다.

병사들의 목소리였는데 아무래도 대한이 정말 탈영한 줄 알고 사람을 풀어 찾기 시작한 듯했다.

'지랄들을 한다.'

그게 걱정됐음 진작부터 잘했어야지.

대한은 좀 더 깊은 곳으로 들어가 누웠고 그로부터 한참 뒤, 위병소에서 클락션 소리와 함께 반가운 목소리가 들리기 시작했다.

"빨리 문 안 열어?! 열어! 이 개새끼들아!"

천용득의 목소리였다.

Chapter 2

대한은 천용득이 왔다는 것을 확인하고는 슬금슬금 비탈을 내려왔다.

몇십 분 누워 있었더니 그제야 멍이 올라와 온몸이 쑤시는 듯했다.

'그래도 증거는 확실하겠네.'

혹시 몰라 일부러 맞아 준 것이다.

멍이 없어도 처벌받게 할 자신이야 있었지만 그래도 확실한 게 좋은 거니까.

대한은 위병소에 가까이 다가갈 때쯤 천용득에게 전화를 걸어 자신의 위치를 알렸다.

이윽고 대한을 발견한 천용득이 흙과 나뭇잎투성이의 대한을 보고 화들짝 놀라 달려왔다.

"야, 너 꼴이 왜 이래?! 무슨 일이야? 괜찮냐?"

"충성. 예, 중령님 보니까 이제야 좀 괜찮은 것 같습니다. 근데 저 엄청나게 많이 맞았습니다?"

"뭐? 맞다니?! 누가 널 때려?!"

말을 마친 대한이 상의 탈의를 하며 휴대폰 플래시로 몸을 비추자 어둠에 가려져 있던 멍들이 보이기 시작했다.

그것을 본 천용득의 눈은 일순 커졌고 얼굴색은 활화산처럼 붉어졌다.

대한이 천용득의 놀란 마음을 풀어 주고자 장난스레 말했다.

"그래도 뼈가 나가거나 찢어진 곳은 없는 것 같습니다."

"야, 이놈아! 하…… 그냥 조사만 하고 오랬지, 누가 이렇게 맞고 오랬어?!"

"저도 이렇게까지 맞을 생각은 없었습니다. 근데 아무래도 이만한 증거가 없을 것 같아 그냥 맞았습니다."

"하, 미치겠네. 야, 인마. 너 이 꼴로 복귀하면 내가 선배 얼굴은 어떻게 봐! 아이고…… 이젠 내가 선배한테 맞아 죽게 생겼네."

아.

그러고 보니 박희재가 있었지.

상황이 상황인지라 거기까진 생각 못했네.

근데 뭐 어쩌랴.

이미 엎질러진 물.

군대는 선 조치 후 보고라고 하지 않았던가.

잠시 고민하던 대한이 웃으며 말했다.

"그럼 저 휴가 동안만 중령님 집에서 좀 지내도 되겠습니까? 부대에는 일주일 휴가내고 나왔습니다. 당연히 대대장님한테도 입단속 하겠습니다."

"휴가? 왜 파견이 아니고 휴가야?"

"지휘 부담드리고 싶지 않아서 제가 일부러 그렇게 해 달라고 했습니다."

"뭐? 아이고 넌 참 그 와중에…… 알겠다, 그보다 잘 생각했다. 남은 기간 우리 집에서 푹 쉬면서 멍 좀 빼라. 세상에 이 몰골을 좀 봐라, 너 이렇게 가면 나 맞아 죽어, 이 녀석아."

이제 천용득의 입장에선 이곳에서 벌어진 일보단 앞으로 벌어질 일을 막는 게 더 중요했다.

이곳이야 증거도 있겠다, 일 처리하는 건 식은 죽 먹기였으니까.

하지만 대한의 몸에 난 멍은 아니었다.

이윽고 천용득의 차에 탑승한 대한은 그동안 있었던 일들을 들려주었고 말이 이어질수록 천용득의 표정은 갈수록 어두워져만 갔다.

그리고 마침내 대한의 이야기가 끝났을 때 천용득은 본 것 중 가장 심각한 어조로 말했다.

"……병사도 병사들인데 간부들 사안이 훨씬 크구나."

"예, 진짜 문제는 간부들이었습니다."

"알겠다. 일단 이 부대 통제부터 좀 해야겠다."

천용득이 대한에게 차에서 기다리라고 말하고는 막사로 향했다.

그때, 대한이 황급히 천용득에게 말했다.

"천 중령님! 혹시 가시게 되면 최규민이한테 제 카드 좀 받아다 주시면 감사하겠습니다."

"아, 그놈한테 카드 뺏겼다고 했지?"

"예, 아마 지금쯤이면 돈 다 썼을 겁니다. 기록도 남아 있을 테니 요긴하게 쓰실 수 있을 겁니다."

"개새끼가…… 알겠다."

"예, 감사합니다."

얼마 뒤, 천용득이 막사로 들어가자 막사에 방송이 울려 퍼졌고 대한은 오후의 라디오를 듣는 듯 흡족한 표정으로 방송을 청취했다.

그쯤 막사로 웬 차량들이 줄지어 들어왔다.

헌병들이었다.

도착한 차량에서 천용득이 부른 사단 헌병들이 쏟아져 나와 막사로 뛰어 들어갔다.

'역시 일 처리 하난 꼼꼼한 양반이야.'

평소에는 그저 장난 좋아하는 동네 아저씨 같았으나 군에서의 그는 아주 힘 있는 사람이었다.

대한이 천용득의 파워를 감상하며 콧노래를 부르고 있을 때였다.

별안간 차 한 대가 추가로 도착했다.

늦게 온 헌병이겠거니 생각했으나 차에서 내린 사람을 보고는 얼른 차에서 내렸다.

"아잇, 저 양반이 왜……! 충! 성!"

늦게 도착한 사람은 다름 아닌 방순철이었다.

그는 전투복까지 입고 전속부관까지 동행한 상태였다.

대한의 등장에 방순철이 순간 반가운 표정을 지었다가 이내 대한의 몰골을 보고 인상을 찌푸렸다.

"뭐야, 너 얼굴이 왜 이래?"

"하하, 그게……."

대한이 어색하게 웃자 순식간에 상황 파악을 끝낸 방순철이 대한의 몸을 살펴보고는 한숨을 내쉬었다.

"장교라는 놈이 어디 가서 맞고 오기나 하고…… 너 최정예 전투원 맞아? 그거 그냥 가라쳐서 받은 거 아냐?"

"죄송합니다. 증거를 남기려다 보니 어쩔 수 없었습니다."

"자식이 핑계는……."

증거라는 말에 방순철은 더 이상 말을 잇지 않았다.

대신 전속부관을 불렀다.

"여기 대대장한테 전화해라. 1분 준다고 하고 그냥 끊어."

"예, 알겠습니다."

"그리고 의무실 가서 약 좀 갖고 와라."

그 말에 전속부관이 얼른 의무실로 향했다.

그 사이, 방순철이 품에서 담배 하나를 꺼내 입에 물었다.

"군대 꼬라지 참 잘 돌아간다……."

"죄송합니다."

"네가 죄송할 건 또 뭐야? 막말로 관리 안 한 놈이랑 때린 놈 잘못이지. 근데 최정예 전투원도 멍은 드는구나?"

"최정예 전투원도 어쨌든 사람이지 않습니까."

"많이 맞았냐? 이제 보니 얼굴에도 멍들었네?"

"발로 밟혔다 보니 어쩔 수 없이 멍이 든 것 같습니다."

"……얼굴도 밟아?"

다시 한번 정색하는 방순철.

그러나 대한은 어떻게든 분위기를 유하게 풀기 위해 농담을 섞었다.

"하하…… 최정예 전투원인 제가 막아서 이 정도였지 아니었음 지금쯤 혼수상태였을 겁니다."

그 말에 방순철은 어이가 없어 피식 웃었다.

"그래, 최정예 전투원 아니었음 어디 뼈 하나는 부러졌겠네."

"하하."

"고생했다, 그리고 고맙다."

"아닙니다. 간부로서 당연히 해야 할 일이었다고 생각합니다."

"후, 그렇지…… 근데 저 새끼는 왜 안 했을까?"

저 새끼.

다름 아닌 트레이닝복 차림으로 이쪽으로 뛰어오고 있는 대대장이었다.

대대장 입장에서는 날벼락이었다.

그도 그럴 게 지금쯤 관사에서 손님들과 즐거운 시간을 보내고 있었으니까.

방순철 앞에 도착한 대대장이 숨을 헐떡이며 경례했다.

"허억, 허억…… 추, 충, 성!"

"술 먹었나?"

"중령……!"

"묻잖아. 술 먹었냐고."

"예…… 먹었습니다."

그 말에 방순철이 혀를 차며 말했다.

"쯧쯧, 다음 날 휴일 아니면 술은 좀 자제하지."

"……죄송합니다."

"아니다. 이제 여기서 먹는 마지막 술일 텐데…… 그래서, 마음껏 마셨나?"

"예? 그게 무슨…….."

대대장은 아무것도 모른다는 듯 눈을 동그랗게 떴고 방순철은 그 눈빛에 어이가 없어 주머니에 라이터를 꺼내 주먹을 꽉 쥐었다.

그 모습에 놀란 대한이 자기도 모르게 손을 들어 그를 막으려는 제스처를 취했다.

"사, 사단장님……!"

"뭐야?"

"아…… 아닙니다."

눈빛을 보니 말렸다가는 내가 맞겠다.

대한이 얼른 뒤로 물러나자 그 모습을 본 방순철이 한숨을 내쉬며 말했다.

"후…… 넌 김 중위 덕분에 산 줄 알아라."

그때, 약통을 가지러 갔던 전속 부관이 뛰어나와 분위기를 살핀 후 얼른 대대장에게 다가갔다.

"대대장님, 일단 들어가시죠."

"무, 무슨 일인데?"

"그냥 조용히 하고 빨리 들어가십쇼."

방순철은 막사로 들어가는 대대장을 끝까지 노려보고는 대한에게 다가왔다.

그리고 약통에서 약들을 꺼내 대한에게 손수 발라 주기 시작했다.

딱히 치료라고 할 것도 없었다.

멍든 곳에 파스를 발라 주고, 까진 곳에 연고를 발라 주는 게 다였으니까.

방순철이 대한의 얼굴을 보며 말했다.

"얼굴에도 멍이 심한데…… 얼굴에 파스 발라도 되나?"

"……그거 부조립니다. 사단장님."

그 말에 방순철이 피식 웃었고 얼마 뒤, 1차적으로 상황 정리를 마친 천용득이 막사에서 나와 모습을 비췄다.

"천 중령도 고생이 많다."

"아닙니다. 고생은 이놈이 혼자 다 한 거 아니겠습니까."

"그러게나 말이다. 사단장씩이나 되서 중위한테 군 생활을 구원받을 줄은 몰랐다."

"고마운 놈이죠."

방순철과 천용득이 대한을 따뜻하게 바라봤다.

대한은 머쓱해하며 미소를 지어 보였고 방순철이 천용득에게 물었다.

"계속 있을 건가?"

"예, 그렇긴 한데…… 애 좀 집에 데려다주고 오겠습니다."

"그래라. 여긴 내가 있을 테니까 천천히 다녀오고."

"예, 알겠습니다. 아, 혹시 괜찮으시면 저희 군단장님께 말씀 좀 드려 주시면 감사하겠습니다."

"이미 말씀드렸다."

"하하, 예, 알겠습니다. 그럼 금방 다녀오겠습니다."

이어서 방순철이 대한을 보며 말했다.

"김 중위는 바로 내려가나?"

"아닙니다. 이 꼴로 부대 가면 저희 대대장이 난리 날 거라서 천 중령 집에서 며칠 지내다 갈 예정입니다."

"그럼 내일 저녁이나 같이하지."

"예, 알겠습니다."

대한은 방순철에게 경례를 하고 그대로 천용득의 차에 탑승했다.

천용득과 함께 그의 집으로 가는 길.

대한이 천용득에게 말했다.

"천 중령님."

"왜?"

"들어가기 전에 저 밥 좀 사 주시면 안 되겠습니까?"

"밥? 배고프냐?"

"예, 아침 먹고 한 끼도 못 먹었습니다."

"……뭐?"

천용득은 운전하다 말고 대한을 쳐다봤다.

"그래도 앞은 좀 보셔야 할 것 같습니다."

그 말에 천용득이 아예 차를 세워서 물었다.

"아니, 그게 무슨 소리야? 밥을 못 먹었다니?"

"아까 제가 말씀드리지 않았습니까? 이런저런 이유로 강제로 결식하게 됐다고 말입니다. 그래서 이틀 모두 아침만 먹고 살았습니다."

천용득은 대한의 말에 충격을 받은 듯했다.

"……간부들 깔끔하게 옷 벗기겠네."

"사적 지시도 있으니까 확실하게 잡아 주십쇼."

"그래…… 그럼 일단 너 밥부터 먹자. 뭐 먹고 싶냐?"

"저 그냥 국물 있는 뜨끈한 거면 다 괜찮을 것 같습니다."

"마침 근처에 국밥집 있더라. 바로 가자."

국밥집으로 대한을 데려간 천용득은 대한의 앞에 국밥 세 그릇과 수육을 내려놓았다.

그것을 본 대한이 순간 말을 잃었다.

"이거 어제 병사들한테 당했던 것 같은데……."

"뭘 당해? 부족하면 말해. 다른 거 먹고 싶은 거 있으면 말하고. 음료수 마실래?"

"……아뇨, 괜찮습니다."

대한이 힘겹게 수저를 뜬다.

✳

오랜만에 꿀 같은 단잠을 잤다.

하나 잠만 꿀잠이었을 뿐 일어난 직후엔 온몸을 쑤시는 격통에 시달려야만 했다.

"으으……."

전날 구타로 맞은 멍 때문이었다.

꼴을 보니 며칠은 고생해야 될 듯하다.

대한은 침대에 앉아 휴대폰을 켰다.

폰을 보니 새벽에 천용득한테서 문자가 하나 와 있었는데 그 것을 본 대한은 얼른 전화를 걸었다.

"충성. 조금 전에 일어나서 연락이 늦었습니다."

─그냥 더 쉬지 그랬냐?

"아닙니다. 쉴 만큼 쉬었습니다."

천용득은 밤을 지새웠음에도 웃으며 말했다.

─네가 말해 줬던 거 다 사실 확인했고 윤승주 이병한테 했던 사실들도 확인 중에 있다. 그 친구 진짜 고생이 많았겠더라.

"그 친구 지금 어디에 있습니까?"

─사단장님이 데리고 가셨다.

"아, 사단장님이 말씀이십니까?"

윤승주 좀 놀라겠네.

대한이 상상하며 피식 웃었다.

천용득은 대한의 웃음소리를 듣고는 같이 웃었다.

─궁금하면 전화 한번 해 봐. 지금은 아마 휴대폰 가지고 있을 거다. 여지껏 집에 연락 한번 못 했다더구나.

"아…… 알겠습니다."

대한은 천용득의 전화를 끊은 채 윤승주의 번호로 전화를 걸었다.

그러자 윤승주가 금방 대한의 전화를 받았고 바로 아는 체를 했다.

-소, 소대장님?

"그래, 나다. 그때 공중전화 너지?"

그 물음에 윤승주가 잠시 침묵하더니 이내 어색하게 웃으며 대답했다.

-예, 그렇습니다.

"바로 알아봤어야 했는데 미안하다. 아마 그때도 말할 상황은 아니었지?"

-몰래 전화한 거라 말을 못 했습니다. 그래도 정말 감사합니다. 근데 소대장님. 많이 다치셨다고 들었는데 괜찮으십니까?

"하루 푹 자니까 괜찮아지더라."

-정말 다행입니다. 좀 있다 사단장님과 식사하는 자리에 저도 같이 가는데 그때 뵙겠습니다.

"그래, 알겠다. 이따 보자."

전화를 마친 대한은 냉장고에서 달걀 하나를 꺼내 얼굴을 문지르기 시작했다.

대한은 방순철과 식사 약속 시간까지 열심히 얼굴의 멍을 빼기 위해 노력했지만 멍은 하루 만에 빠질 수준이 아니었다.

'승주가 보면 놀라겠구만.'

괜히 괜찮다고 센 척 했나?

뭐, 상관없겠지.

그렇다고 화장하고 갈 순 없잖아?

잠시 후, 천용득과 먼저 만난 대한은 천용득의 차를 타고 식사 장소로 이동했다.

대한이 차에 오르자 천용득은 대한의 부은 얼굴을 보고 한숨을 내쉬었다.

"어휴, 그 멍은 좀 오래가겠다."

"달걀로 계속 문질러 봤는데도 이렇습니다. 아침에 눈 떴을 땐 더 심했습니다."

"……고생 많았다."

"천 중령님은 괜찮으십니까? 어제부터 한숨도 못 주무셨잖습니까?"

"헌병에서 지낸 세월이 있는데 이 정도는 거뜬하지. 큰 사건 일어나면 3일 정도는 눈 뜨고 일 처리만 하고 다녀."

"역시 헌병 중령은 아무나 하는 게 아닌 것 같습니다."

"아냐, 나도 하는데 너도 충분히 할 수 있어. 그러니까 헌병 와라."

"아닙니다. 전 3일 동안 밤새는 건 못 할 것 같습니다."

"최정예 전투원이 못할 리가 있나."

"그거 사실 가짜입니다."

키득대는 두 사람.

뒤이어 대한이 물었다.

"그나저나 일은 어떻게 처리되고 있습니까?"

"그건 사단장님한테 듣는 게 더 나을 거다."

"설마 벌써 결과가 나왔습니까?"

"스포 하면 재미없지. 이따 들어라."

뭘까.

설마 진짜 하루 만에 처리한 건가.

대한은 새삼 사단장의 파워가 놀랍기도 했지만 그 과정에서
갈려 나갈 실무자들의 노고를 생각하니 눈물이 앞을 가렸다.

'그래도 할 건 해야지.'

갈려 나가기 싫으면 평소에 부대 관리를 잘하든가.

모든 것은 연대 책임이었다.

잠시 후, 천용득과 함께 식당에 도착했고 식당 입구에서 두
사람을 기다리고 있는 윤승주를 볼 수 있었다.

대한을 본 윤승주가 대한을 향해 목청껏 경례했다.

"충! 성!"

그 모습을 본 대한인 피식 웃었다.

어휴, 저놈 저거.

이병 쨤찌라서 그런지 옆에 상급자가 있는데도 나한테 경례
하는 꼴이라니.

대한이 당연하게 경례를 받지 않자 그 모습을 본 천용득이
피식 웃으며 말했다.

"뭐 하냐? 너한테 경례하는데."

"아, 예."

천용득의 허락에 대한은 그제야 윤승주의 경례를 받아 주었

다.

그런데 그때, 뒤늦게 대한의 얼굴을 본 윤승주가 깜짝 놀라며 말했다.

"소, 소대장님 얼굴이……!"

"쉿, 너까지 언급하면 나 부끄럽다. 그냥 못 본 척해."

"그, 그렇지만 멍이 너무 심하신 거 아닙니까……?"

"내가 생긴 거랑 다르게 피부가 약해서 원래 멍이 잘 들어. 그러니까 괜히 신경 쓰지 마. 난 괜찮으니까."

대한이 윤승주의 등을 토닥이며 그를 안심시켰으나 윤승주는 끝끝내 울음을 터뜨리고 말았다.

"크흑…… 진짜…… 진짜 감사합니다. 소대장님. 그리고 정말…… 정말 죄송합니다."

"네가 죄송할 건 또 뭐야? 그런 말 하지 마. 너야말로 고생 많았어. 여태 혼자 어디 말도 못 하고 얼마나 힘들었냐. 내가 더 일찍 알아차렸어야 했는데…… 오히려 내가 미안하다."

"아닙니다. 전 소대장님 아니었으면 진짜……."

윤승주는 목이 메는지 말을 끝까지 하지 못했다.

대한은 그런 윤승주의 등을 다시 쓰다듬어 주었고 그 모습을 본 천용득이 대한에게 조용히 말했다.

"천천히 들어와라."

대한은 고개를 끄덕인 뒤 본격적으로 윤승주를 달래기 시작했다.

그렇게 한참을 울던 윤승주가 이내 진정이 되었는지 다시 한 번 대한을 향해 허리를 숙였다.

"다시 한번 감사드립니다. 소대장님."

"그래, 실컷 다 울었어?"

"예, 그렇습니다."

"들어가서는 울지 말고. 어여 들어가자. 울어서 더 배고프겠다."

대한은 울음을 그친 윤승주를 데리고 그제야 식당 안으로 들어갔다.

그러자 직원이 한 방으로 두 사람을 안내했고 방 안에는 방순철과 천용득이 두 사람을 기다리고 있었다.

대한이 경례를 올리려 하자 방순철이 손을 저었다.

"충……."

"됐다. 얼른 앉거라."

"예, 알겠습니다."

방순철의 손짓에 대한이 재빠르게 자리에 앉았다.

두 사람이 자리에 앉자 방순철이 입을 열었다.

"다들 배고프지?"

"예, 그렇습니다."

"넉넉하게 시켜 놨으니까 많이 먹거라."

"감사합니다."

방순철은 두 사람을 번갈아 보며 미소를 지은 뒤 물을 들이

켰다.

그리고 얼마간 침묵을 잇더니 천천히 입을 열었다.

"식사하면서 할 이야기는 아닌 것 같아서 빠르게 말해 주마. 내가 부대에 나오기 전에 가해자들 처리는 미리 끝내 놓고 나왔다."

설마설마했는데 정말로 마무리 짓고 나오다니.

새삼 사단장의 파워가 대단하구나 싶다.

대한은 놀란 감정을 최대한 숨긴 채 방순철의 말에 집중했다.

"일단 간부부터 말해 주자면 전선욱 중위와 박범진 하사는 바로 보직해임 조치했다. 전선욱 중위는 마음 같아선 그 자리에서 바로 총살시키고 싶었다만 헌병대 말로는 정직이 최대라는구나. 하지만 계속 조사를 실시할 것이고 범죄가 드러나는 대로 추가 징계를 할 예정이다."

아쉬웠다.

그도 그럴 게 전선욱의 잘못은 방관이 전부라고 할 수 있어 보직해임이 전부였기 때문이다.

'마음 같아선 병사부터 다시 군 생활시키고 싶지만 법이 그러니 원……'

아마 남은 기간 동안 보직 없이 보충대에서 대기하다가 끝날 것이다.

참 아쉬웠다.

안 그래도 취업 준비하는 놈, 보충대로 가면 꿀이나 빨다 나갈 게 뻔했기 때문.

'장교들은 영창도 못 보내니…….'

영창은 병사들을 위해 마련된 곳이다.

간부들의 영창은 사실상 징계인 셈.

근신, 감봉, 정직 이런 것들 말이다.

물론 징계가 있으면 그 해에 보너스나 성과 상여금을 못 받는다지만…….

'그건 소령쯤은 돼야 타격이 있는 거고.'

학군 출신 중위가 그거 못 받는다고 얼마나 타격이 될까.

대한이 아쉬운 표정을 짓자 방순철이 씩 웃으며 말했다.

"아쉽나 보구나."

"하하…… 사실 그렇습니다."

"걱정하지 말거라. 보직해임 되면 보충대로 가서 보직 없이 대기만 하는 게 정상이긴 하나 내가 그렇게는 안 둘 거니까."

"그럼……?"

"거기 중대장한테 미리 일러뒀다. 그놈 징계 마무리될 때까지 일과 내내 완전군장으로 연병장만 돌리라고. 그러니 더 말 안 해도 알아서 괴롭힐 게다."

"아……!"

그 말을 들으니 속이 편해졌다.

그래.

방관자가 보충대 가서 편히 있다 가는 건 말도 안 되지.

대한이 그제야 개운한 표정을 짓자 방순철이 고개를 끄덕이며 말을 이었다.

"박범진 그놈은 팔수록 뭐가 자꾸 나오더구나. 병사들과 부대를 벗어나 술을 먹고 들어오는 건 예삿일이고 내 군 생활에는 상상도 못 할 짓들을 많이 했던데 그 녀석은 더 볼 것도 없이 바로 군 재판에 회부시켰다."

그래.

자연스럽게 결식까지 시키는 놈인데 당연히 징역 확정이었다.

대한이 며칠 동안 본 것만 해도 재판에 들어가기엔 충분했으니까.

그러니 여기서 몇 가지 더 나온다면 최소 5년은 감옥에서 썩어야 할 터.

하지만 아직 놀라기는 일렀다.

아직 하이라이트가 남아 있었으니까.

"마지막으로 생활관 병사들…… 일단 메인이 된 두 놈을 제외하면 나머진 영창이 최대일 것 같다. 마음 같아선 전부 다 재판에 회부시키고 싶지만 따지고 보면 그 녀석들도 꽤나 시달렸을 테니 영창이 최대가 될 것 같다. 물론 그렇다고 해서 영창으로 끝내진 않을 거다. 영창에 다녀오면 최대한 빡센 곳으로 보내 남은 복무 기간 동안 뼈저리게 후회하게 해 줄 생각이다."

그 말에 대한이 고개를 끄덕였다.

'확실히 나머지 놈들도 적잖게 부조리에 시달렸을 테니까.'

그렇다고 잘한 행동이란 건 아니다.

그저 메인이 될 두 놈들과 같은 수준의 징계를 받을 정도는 아니라는 말이었으니까.

방순철의 말이 이어졌다.

"최규민이랑 김준배, 그놈들은 볼 것도 없이 바로 재판에 회부시켰다. 헌병대가 전역한 인원들에게까지 연락해서 범죄 사실을 모으는 중이고 들어 보니 최규민은 10년도 넘게 살 것 같다고 하더구나."

그 말에 대한은 깜짝 놀랐다.

솔직히 10년은 예상치 못했기 때문.

'하긴 전생에 승주가 자살했을 때를 감안하면 10년도 충분히……'

그러니 이 정도면 적법하다고 생각했다.

죽은 사람 없이 10년도 넘는 형량이라면 모쪼록 제대로 된 엄벌이 맞았으니까.

이윽고 처분 결과에 대한 전달이 끝나자 방순철이 윤승주를 보며 말했다.

"네가 이번 일을 겪은 것에 대해선 나도 책임이 있다고 생각한다. 그렇기에 나도 여기서 군복 벗을 각오로 범죄자 놈들을 철저하게 조사하고 있으니 군에 온 것을 너무 후회하지 말았으면 한다. 미안하다."

그와 동시에 방순철은 고개를 숙여 사과했다.

그 모습을 본 윤승주가 화들짝 놀라 손을 내저었다.

"아, 아닙니다. 사단장님!"

"그래, 사과 받아 줘서 고맙다."

그제야 옅게 미소 짓는 방순철.

그 진실된 모습에 대한은 깜짝 놀라기도 했지만 연신 감탄했다.

그가 참 남자다운 사람이라는 생각이 들었기 때문.

'내가 본 별 중에 가장 멋있는 사람 같다.'

이어 방순철이 대한을 보며 말했다.

"그리고 대한이 너에게도 참 고맙고 미안하게 생각한다. 원래라면 내가 했어야 할 일인데 너의 눈썰미와 더불어 직접적인 희생으로 큰 참사를 막고 썩은 뿌리를 뽑을 수가 있었다. 너에게도 다시 한번 고맙고 미안함을 느낀다."

"아닙니다. 당연히 해야 할 일을 했을 뿐이라고 생각합니다."

그 말에 방순철이 피식 웃었다.

"다들 왜 네 칭찬을 하는지 알 것 같구나."

내 칭찬을?

누가?

그러나 그것에 대해선 묻지 못했다.

때마침 준비된 음식들이 나왔기에.

나오는 음식들을 보며 방순철이 말했다.

"맛있게들 먹거라. 내가 당장 해 줄 수 있는 게 이런 것뿐이라 최대한 많이 시켰다."

"예, 감사히 잘 먹겠습니다."

네 사람은 그제야 가벼운 마음으로 수저를 들 수 있었다.

✵

시간은 빠르게 흘러 휴가 마지막 날이 됐다.

대한은 마지막으로 천용득의 집을 떠나기 전 거울을 보며 고개를 끄덕였다.

'다행히 금방 빠졌네.'

부대 복귀 전까지 멍이 안 빠지면 어쩌나 걱정했는데 다행히 휴가 마지막 날쯤 거의 다 빠졌다.

준비를 마친 대한은 그제야 박희재에게 전화를 했고 박희재는 그동안 왜 이렇게 연락이 없었냐며 대한을 나무랐다.

'얘기하기 시작하면 결국 다 해야 하는데 그럴 바엔 안 하는 게 낫지.'

대한은 너스레를 떨며 상황을 가볍게 넘겼고 부대에 복귀한다는 보고를 하고는 자신의 차에 짐을 실었다.

차에 탑승한 대한이 출발하기 전 천용득에게 전화했다.

"충성, 출근 잘하셨습니까?"

―그래, 잘했다. 그나저나 이번 주는 너 때문에 죽는 줄 알았다.

"그게 어떻게 저 때문입니까? 먼저 술 먹자고 하신 것도 중령님이고 갖고 온 술도 중령님이 거의 다 드셨지 않습니까."

―네가 내 앞에서 얼굴이 부어 있는데 상관된 도리로써 어떻게 술을 안 마실 수가 있겠냐? 어?

얼씨구?

핑계도 좋다.

대한이 천용득의 핑계에 웃으며 말했다.

"술꾼들 핑계는 다 똑같은 것 같습니다. 여하튼 그동안 감사했습니다. 그럼 전 이만 내려가 보겠습니다."

―감사는 무슨, 오히려 네가 고생 더 많았다. 근데 갈 거면 저녁 먹고 가지, 그러냐?

"저녁 먹으면 또 술 꺼내 오실 것 같아서 도망가는 겁니다."

―큭큭, 알겠다. 조심히 내려가고 조만간 내가 놀러 가마.

"예, 알겠습니다. 그럼 조만간 뵙겠습니다."

대한의 차가 드디어 부대로 향한다.

✳

대한은 그대로 부대로 향했고 부대에 도착하자마자 대대장실로 향했다.

"충성!"

"왔냐? 용득이한테 들었다. 사단장 목숨 살려 줬다며?"

그 말에 대한이 웃었다.

반응을 보아 하니 자세한 내막은 모르는 모양.

그럴 수밖에.

이번 일을 이틀 만에 끝냈다는 것과 대한이 맞았다는 것 등을 말하면 천용득 본인이 무지하게 욕먹을 게 뻔했으니까.

그렇기에 대한도 모른 척 웃으며 답했다.

"예, 본의 아니게 목숨 살려 드리고 왔습니다."

"너도 참 대단하다. 어떻게 해야 중위가 장군들한테 도움을 줄 수 있는 거냐?"

박희재는 기분이 좋았다.

내 새끼가 밖에서 칭찬 듣고 왔는데 그걸 싫어할 상관이 어딨을까?

그러다 이내 시간을 확인하며 말했다.

"오는 길도 멀었을 텐데 이제 가서 쉬거라."

"아닙니다. 괜찮습니다."

"무리하지 마, 인마. 쉴 땐 또 쉬어 줘야 하는 거야. 넌 휴가 내놓고 일하러 간 거잖아."

하하……

표면적으론 그게 맞긴 하나 실제론 천용득의 집에서 닷새를 쉬었다.

그래서 이젠 휴식보다는 몸을 움직이며 일을 하고 싶었다.

"그래도 인사는 돌려야 하지 않겠습니까, 표면적으론 장기 휴가 다녀온 거니 말입니다."

"그건 그렇지. 그럼 가서 인사만 하고 쉬어야 한다?"

"예, 알겠슴다!"

대한이 경례를 하고 대대장실을 나선다.

그리고 중대로 올라가는 길, 때마침 안유빈과 마주칠 수 있었다.

안유빈을 발견한 대한이 먼저 반갑게 아는 체 했다.

"선배님!"

"어, 대한아?"

"충성, 대대에 무슨 볼일이십니까?"

"잘됐다. 안 그래도 너부터 보여 주고 싶었는데 너 휴가라고 해서 일단 종민이한테 먼저 보여 주러 가는 길이었지. 이거 좀 봐봐."

안유빈이 내민 것.

그것은 다름 아닌 고종민의 인터뷰가 실려 있는 요리대회 기사였다.

이게 벌써 나왔구나?

대한이 감탄하며 말했다.

"오, 완전 주인공처럼 나왔습니다."

"그러니까. 너랑 나랑 고생한 보람이 있다. 종민이 놈은 좋겠네, 후배 잘 만나서 이런 덕을 다 보고 말이야."

"따지고 보면 동기도 잘 만난 거 아니겠습니까. 선배님 아녔음 이런 기사는 꿈도 못 꿨을 겁니다."

"자식이 말은. 얼른 가자, 종민이도 보여 줘야지."

그 길로 두 사람은 함께 인사과로 향했고 인사과에 들어서자 두 사람을 발견한 고종민이 눈을 키웠다.

"뭐야, 왜 둘이 같이 와? 그리고 대한이 넌 휴가 아니었어?"

"요 앞에서 만나서 같이 왔습니다. 그리고 전 조기 복귀했습니다. 그보다 선배님, 이것 좀 보십쇼."

대한이 고종민에게 기사를 보여 주었고 읽어 내려가던 고종민은 부끄럽다는 듯 말했다.

"아이, 이거 대한이가 다 만들어 준건데."

"이제 선배님 거 된 겁니다."

"무튼 고맙다. 단장님도 알고 계시냐?"

고종민은 이원영의 반응이 궁금했고 안유빈은 당연하다는 듯 말했다.

"제일 먼저 보여 드렸지. 잘했다고 하시더라. 너한테도 보여 주고 오겠다니까 고생했다고 전해 달라시더라."

이원영 눈에 들기도 확실히 성공한 듯했다.

공병단의 이름을 전 군에 알려지게 했는데 눈에 안 들어오는 것도 이상했다.

세 사람이 웃고 떠들던 그때 고종민의 사무실 전화가 울리기 시작했다.

고종민은 내선 번호를 확인하고는 고개를 갸웃했다.

"뭐지, 처음 보는 번호인데?"

"얼른 받으십쇼. 스팸은 아니지 않겠습니까."

군 내선 전화에 스팸이 무슨 말인가.

고종민이 고개를 끄덕이며 전화를 받았고 이내 얼굴에 당황스러운 기색이 비치기 시작했다.

뭐지?

왜 당황하는 거지?

그때, 고종민이 얼굴에서 수화기를 잠시 떨어뜨리고는 대한에게 말했다.

"……군수 사령부라는데?"

"예?"

"이번에 입상한 요리들 레시피 좀 알려 달라고 하시네."

그 말에 대한은 자기도 모르게 광대가 올라갔다.

군수 사령부에서 연락이 올 정도라면 자신의 의도가 제대로 먹혔다는 뜻이니까.

다시 말해 고종민을 군수 쪽으로 키울 발판이 만들어진 것.

'그래, 당연히 관심 가질 줄 알았지.'

사실 요리대회는 몇 년 뒤에 전군을 대상으로 대회가 열릴 예정이라 이미 계획은 되어 있을 것이다.

그런 상황에 뜬금없이 웬 부대가 먼저 해 본다?

예행연습을 미리 해 줬는데 당연히 고맙지 않겠나.

그리고 그 실무자가 눈에 들어오는 것도 당연지사.

'이렇게 된 거 대위 때까지 인연이 잘 이어졌으면 좋겠는데.'

이걸로 끝이면 좋겠지만 아직 발판만 마련된 상황.

그러니 앞으로 몇 번은 더 대한이 도와줘야 할 터.

근데…….

'왜 자꾸 날 쳐다봐?'

고종민이 아까부터 대한만 쳐다보고 있다.

설마?

대한이 답답함에 말했다.

"당연히 알려 드린다고 말하십쇼."

"당연히 알려 드린답니다."

뭐 하는 거야?

거기서 내 말을 따라하면 어떡해?

고종민의 어리바리한 행동에 대한은 자기도 모르게 마른세수를 했고 그 광경을 본 안유빈은 필사적으로 웃음을 참았다.

이윽고 어찌어찌 고종민의 전화가 마무리되었고 대한이 한숨을 푹 내쉬며 말했다.

"뭐랍니까?"

"아까 말한 그대로야. 자기가 군수 사령부 대령인데 레시피들 메일로 좀 보내 달라고 하시더라. 직접 만들어 보고 싶으시대."

"대령 누구입니까."

"……기억 안 나는데?"

"아니, 뭐 하는 겁니까? 이름 숙지는 기본 아닙니까? 얼른 전화해서 다시 물어보십쇼. 너무 당황해서 메모를 못 했다고 하면 귀여워하실 겁니다."

고종민은 얼른 대한이 시키는 대로 실시했고 전화 온 사람의 관등성명을 확인할 수 있었다.

"그냥 잘해서 전화한 거니까 긴장하지 말래. 편하게 연락하래."

"당연한 거 아닙니까. 일어나십쇼."

"왜?"

"……식당 안 갑니까?"

"식당은 왜?"

하.

이 양반이 진짜…….

"그럼 레시피는 어떻게 알아내실 겁니까?"

"아! 가야지! 당연히 가야지!"

미치겠다, 정말.

고종민은 수첩을 챙겨 대한과 함께 인사과를 나왔다.

대한은 두 사람과 식당으로 이동하며 말했다.

"근데 아깐 왜 그렇게 당황하셨습니까? 들어 보니 칭찬하려고 전화하신 건데."

"놀래서 그랬다. 놀래서. 내가 이런 전화를 받아 봤어야 알지."

그 말에 안유빈이 낄낄 웃으며 말했다.

"이렇게 어리버리 까서 장기 하겠냐? 이런 놈 장기 시켜 주면 오히려 군 발전에 역효과 나는 거 아냐? 예로부터 무능한 장수만큼 치명적인 건 없는……."

"아, 그냥 놀라서 그런 거라고!"

"어휴, 두 번 놀라면 심장마비 오시겠어요."

"참나, 내 장기 걱정하지 말고 네 취업이나 걱정해. 면접 몇 군데 본다더니 어떻게 됐냐? 다 떨어졌지?"

그 말에 안유빈이 여유만만 한 표정으로 말했다.

"내가 넌 줄 아냐? 당연히 붙었지."

"어? 붙었어? 저번에건 떨어졌다며."

"거긴 내가 연습 차원에서 갔다 온 거고 이번에는 제대로 준비해서 바로 합격했다."

"……어디?"

"조선 신문."

"뭐? 내가 아는 그 조선 신문?"

안유빈은 당당하게 고개를 끄덕였고 그의 반응에 고종민은 물론 대한도 놀랄 수밖에 없었다.

'스펙 좋은 양반이라 그런가 대기업 취업을 전역 전에 해 버리네.'

대한이 바로 축하했다.

"축하드립니다. 선배님."

"야, 대한아. 안 그래도 나 이거 말하려고 했는데 내가 취직하게 된 건 진짜 다 네 덕분이라고 생각한다. 이번에 포트폴리오 만드는데 이렇게 편할 줄 몰랐다."

"하하, 다행입니다. 여태 제 부탁 때문에 그냥 고생만 시킨 게 아닌가 싶었는데."

"고생은 무슨, 원래 내가 해야 될 일들이었잖아."

"그렇게 생각해 주시면 더더욱 다행입니다."

"나중에 도움 필요하면 말해. 네가 부탁하는 거면 내가 최선을 다해서 들어줄 테니까."

듣던 중 반가운 소리였다.

다른 곳도 아니고 메이저 언론사의 인맥이면 언제든 쓸모가 생길 테니까.

대한이 기분 좋게 고개를 끄덕이자 고종민이 안유빈에게 말했다.

"야, 나는? 나는?"

"넌 안 돼. 어리버리 해서 이상한 부탁할 것 같아."

"야이씨! 내가 뭘! 그리고 챙겨도 동기를 먼저 챙겨야지 후배를 먼저 챙기냐?"

"후배가 더 도와주는데 어떻게 하냐? 너도 대한이 도움 받는데 잘 챙겨 줘."

대한은 안유빈의 팩트 폭행에 기어이 웃음을 터뜨리고 말았

로또부터
장군까지

다.

'내가 이 양반한테 도움 받는 날이 올까.'

뭐 언젠가 한 번은 받지 않겠나.

세 사람은 그렇게 시끌벅적하게 식당으로 향했다.

※

며칠 뒤.

대한은 간부 연구실에 앉아 시계와 컴퓨터를 번갈아 가며 보고 있었다.

그때, 추리닝으로 환복 한 이영훈이 간부 연구실로 뛰어 들어오며 물었다.

"대한아, 볼 차러 가자."

"뭐 하나만 확인하고 내려가겠습니다."

"뭔데?"

"오늘 장기 발표 나는 날이지 않습니까?"

"아, 종민이 장기 넣었지 참?"

이영훈도 궁금한지 대한의 뒤에 의자를 가지고 와 앉았다.

그렇게 홈페이지를 들락날락거리는 것도 수십 번.

마침내 홈페이지 메인에 팝업창이 떠올랐다.

"오 떴다."

"빨리 확인해 봐."

대한은 팝업을 따라 들어가 파일을 열었고 고종민의 군번을 검색했다.

고종민의 군번은 명단에 포함되어 있었고 결과를 확인한 두 사람은 얼른 인사과로 뛰어갔다.

"종민아, 너 붙었다!"

"축하드립니다, 선배님!"

놀랍게도 고종민은 아직도 자신의 결과를 모르고 있었다.

그러나 이내 자신의 결과를 알게 된 고종민은 그 어느 때보다도 환호하며 두 사람에게 달려와 안겼다.

"으아아아! 됐다! 감사합니다! 정말 감사합니다!"

"이제부터 더 제대로 해야 하는 거 알지?"

"예, 알고 있습니다!"

"얼른 대대장님께 감사하다고 인사드리고 와."

이영훈은 오랜만에 선배다운 모습을 보여 주었고 고종민이 서둘러 대대장실로 뛰어갔다.

그 모습을 바라보던 이영훈이 말했다.

"이야, 종민이가 장기가 다 되네."

"하하, 안 될 것 같으셨습니까?"

"넌 모르겠지만 쟤 초반에 하던 걸 생각하면 뭐…… 그래도 이젠 장기 해도 욕은 안 먹겠다. 그나저나 우리 대대에서 나와서 참 다행이다."

"아, 그리고 보니 저희 공병단에서 한 명인지는 아직 확인 안 해 봤습니다."

"할 필요도 없어. 어차피 단에 하나야."

이영훈은 확신하며 고개를 끄덕였다.

대한도 마찬가지긴 했지만 차현수가 마음에 걸렸다.

'떨어졌을 것 같은데…… 걔는 나가서 뭐 해 먹고 살려나.'

대한은 차현수와 같이 근무할 생각이 전혀 없었다.

하지만 같은 부대에서 살을 비빈 정이 있지, 막상 떨어졌다고 하니 마음이 아픈 건 사실이었다.

대한은 이내 축구를 위해 환복 하러 간부숙소로 이동했고 호랑이도 제 말 하면 온다고 가는 길에 차현수를 발견할 수 있었다.

'지원과장이 일찍 퇴근하라고 했나 보네.'

저 마음 잘 알지.

이제 군 생활 더 하지도 못할 텐데 더 앉아 있어 봤자 뭐 하겠나.

지원과장도 마음이 아프겠지.

그래서일까, 대한이 차현수에게 빠르게 다가가며 경례했다.

"충성!"

"어, 대한아."

애써 웃으며 대답하는 차현수.

그러나 그 미소 뒤에 어린 슬픔이 보였다.

그렇기에 대한도 모르는 척 차현수에게 말했다.

"같이 내려가시죠."

"그래."

숙소에 도착한 차현수는 담배를 꺼내며 말했다.

"먼저 올라가. 난 담배 한 대 피우고 올라갈 테니까."

"혼자 피우면 심심하시지 않습니까. 기다려 드리겠습니다."

"어, 그럴래?"

큰일을 겪어서 그런가, 한결 차분해진 차현수.

그의 숨이 허공에 부서지길 얼마간, 차현수가 말했다.

"나 장기 떨어졌다."

"아…… 괜찮으십니까?"

"안 괜찮지. 죽겠다야, 이제 나가서 뭐 해먹고 살아야 하나 싶기도 하고."

"생각해 두신 거 없으십니까?"

"없어. 솔직히 난 될 줄 알았거든. 개인적으로 군에 애정이 많았기도 하고."

군에 애정이 많았어?

그건 또 몰랐네.

말을 잇던 차현수가 머리를 벅벅 긁으며 말했다.

"내가 너한테 별소리를 다 한다. 아니지, 이제 마지막인데 좀 하면 어때."

그것도 그렇다.

대한은 얼마간 차현수를 지켜보며 잠시 생각에 잠겼다.

그러더니 이내 차현수에게 추천할 만한 것이 떠올랐다.

대한이 물었다.

"군에 애정이 있으시면 혹시 군무원은 어떠십니까?"

"군무원?"

"예, 그렇습니다."

차현수가 과연 뭘 할 수 있을까.

사회에 나가면 잘 먹고 잘 살 수 있을까?

높은 확률로 아닐 것이다.

'군대보다 사회가 더 냉정하다는데 내가 사회생활을 안 해 봐서 모르겠다.'

하나 다만 한 가지 확실한 건 군 생활 동안 중위가 맡은 직책도 애매하게 수행했는데 사회에 나간다고 해서 일을 잘할 것 같지는 않았다.

그래서 처음엔 부사관 자릴 추천할까 싶었다.

배운 게 도둑질이라고 장교 출신이기도 하고 군에 애정도 많다고 하니까.

그런데 이 양반이 부사관을 하면 군 생활이 힘들어질 것이 보였다.

'지금은 장교니까 부사관들이 뭐라고 안 하는 거지 만약 부사관이 되면 장교랑 부사관 양쪽에서 털릴 게 뻔해.'

그럼 자신이 정을 붙였던 군에 회의감이 들 테고 얼마 못 가 퇴직할 터.

그거야 본인 사정이라지만 그래도 대한은 차현수가 자기가 좋아하던 곳을 미워하지 않았으면 좋겠다는 마음이 있었다.

그래서 군무원을 추천한 것.

물론 군무원 자리를 만만하게 보는 건 아니다.

차현수가 뽑힐지도 미지수니까.

하나 경력 채용이라는 직업군인에게 아주 유리한 제도가 있었다.

'물론 경력 채용도 장기에서 떨어진 유능한 인재들이 많긴 하겠지만⋯⋯.'

군에 애정이 있다면 그 정도 준비는 해야지.

공부 머리가 얼마나 될지는 모르겠지만 그래도 군에 있으면서 모은 돈으로 최소 1년은 준비할 수 있을 터.

차현수가 물었다.

"군무원이라⋯⋯ 근데 간부 출신 군무원이 있던가?"

"예, 지금 인사행정담당관이 하는 일 그대로 하는 군무원 있지 않습니까."

"아, 그래?"

"예, 거기다 장교나 부사관 출신은 우대해서 뽑고 있는 것으로 기억합니다."

그 말에 차현수가 관심을 보이기 시작했다.

"그건 또 몰랐네, 그럼 군무원은 뭐 시험 같은 거 쳐야 하는 거야?"

"필기랑 면접 둘 다 봐야 하는 것으로 알고 있습니다. 관심 있으시면 찾아보시고 미리 준비해 보시는 게 어떻겠습니까. 군인일 때 시험 치러 가면 면접에서 더 잘 봐주지 않겠습니까?"

그 말에 차현수가 빠르게 담배를 끄며 대한에게 말했다.

"고맙다 대한아. 찾아보고 준비 한번 해 봐야겠어."

"예, 파이팅입니다."

대한은 차현수가 뛰어가는 걸 보고는 피식 웃었다.

'그래, 어떠한 형태로든 잘 살면 좋은 거지.'

미운 정도 정이라고 차현수가 잘되었으면 하는 바람이었다.

✸

다음 날.

대한은 아침부터 고종민에게 찾아갔다.

장기 발표가 난 뒤 고종민의 다음 보직이 확정되었고 고종민의 다음 보직은 단 인사장교였다.

쉽게 말해 지금 차현수가 하던 자리를 그대로 넘겨받게 된 것.

3년 차인 고종민은 군수 쪽으로 빠지고 싶었지만 군수과장은 대위 자리뿐이라 어쩔 수 없이 단 인사장교를 할 수밖에 없었다.

아쉬워하는 고종민을 보며 대한이 웃었다.

'지금을 즐겨라, 군수과장 자리가 얼마나 머리 터지는 자리인데.'

계급이 오를수록 책임을 져야 하는 것들이 많아진다.

그 책임에는 여러 가지가 있겠지만 그중 가장 처리하기 곤란한 게 바로 돈과 관련된 것들이었다.

그런 의미에서 군수과장의 주요 업무는 군수 예산 처리로 단급의 부대에서 처리해야 하는 돈은 생각보다 많았다.

그렇기에 혹여나 실수라도 하면 징계를 피하기 힘든 자리였기에 중위가 아닌 대위 때부터 맡기는 것.

대한은 고종민을 위로하며 이 사실을 설명해 주었고 고종민이 아쉬운 듯 고개를 끄덕였다.

"그렇다면야 뭐……."

"군 생활 많이 남으셨습니다. 군수 쪽은 앞으로도 기회가 많으니 이번엔 그냥 제 상급자로 남아 주십쇼."

"하하, 알겠다. 넌 실수해도 내가 다 봐줄게."

그리 말하는 차현수가 퍽 귀엽게 느껴진다.

그리고 고종민은 아직 몰랐다.

대한이 인사과장 자리에 앉는 순간, 자신이 소화해야 될 업무량이 얼마나 많아질지.

대한이 웃으며 말했다.

"역시, 선배님. 감사합니다."

"그나저나 너랑 이야기하면 참 마음이 편해진단 말이지. 꼭 중대장님들이랑 이야기하는 것 같아."

그야 뭐, 내가 중대장이었으니까?

그러나 그리 말할 수는 없으니 웃으며 대강 대답했다.

"그만큼 제가 선배님 생각을 많이 하고 있다는 것 아니겠습니까."

"큭큭, 고맙다."

그때, 박희재로부터 전화가 왔다.

"충성!"

―어, 대한아. 잠깐 대대장실로 와라.

"예, 알겠습니다."

흡연이라도 같이해 줄까 싶었으나 박희재의 호출에 대한은 얼른 대대장실로 향했다.

그런데 박희재의 얼굴에 고민이 많아 보인다.

박희재가 말했다.

"앉아 봐라."

"예, 무슨 일이십니까?"

"무슨 일이긴, 보직 때문이지."

엥?

아직도 고민해야 될 게 남아 있었나?

이미 대한의 겸직은 확정된 것이나 다름없었기에 박희재의 입장에선 고민할 것이 없을 거라고 생각했다.

근데 그게 아닌가 보다.

박희재가 콜라를 벌컥벌컥 들이켜고는 대한에게 말했다.

"너 겸직하는 거 말이다. 이제 와서 보니 좀 걱정이 되더라고. 너무 고생시키는 것 같아서."

갑자기?

언제는 겸직한다고 엄청 신나하더니 이제 와서?

뭘까?

사람이 안 하던 짓을 하면 죽을 때가 다 된 거라고 하던데 설마……?

그러나 그리 말할 순 없으니 일단 웃으며 대답했다.

"괜찮습니다. 어차피 지금이면 어디서 중위도 못 구해 오는데 그냥 제가 한번 열심히 해 보겠습니다."

대위는 몰라도 중위는 어디 가서 막 구해 올 수 있는 게 아니었다.

그도 그럴 게 중위 계급 자체가 복무 기간도 짧을뿐더러 보통은 대위가 될 때까지 한 부대에 계속 머무르며 군 생활을 하는 것이 일반적이었으니까.

대한의 파이팅 넘치는 각오에 박희재도 덩달아 웃으며 말했다.

"너야 항상 그렇게 말하지 않냐. 그래도 너 힘들까 봐 그렇지."

이 양반이 자꾸 왜 이러실까.

혹시 갱년기라도 왔나?

그 순간, 대한에게 좋은 생각 하나가 떠올랐다.

"대대장님, 그럼 저 대대 인사행정담당관 한 명만 구해 주십쇼."

"인사행정담당관?"

"예, 인사과 부사관 자리 계속 공석이지 않았습니까. 장교도 하나 없는데 그냥 인사행정담당관만 하나 더 받아 와 주시면 안 됩니까?"

"흠, 그럼 확실히 일이 줄어들긴 하겠구나."

당연한 말이었다.

현재 인사과장이 인사행정담당관의 일까지 같이 하고 있었으니까.

근데 여기서 인사행정담당관이 생겨 업무가 줄어든다면 겸직 따윈 아무것도 아니었다.

박희재가 고개를 끄덕이고는 대한에게 말했다.

"좋다, 내가 한번 연락 돌려보마."

"신경 써 주셔서 감사합니다. 대대장님."

"신경 써야지. 내가 신경 안 쓰면 누가 쓰겠냐. 그래, 나가서 일 봐라."

"예, 알겠습니다!"

기분이 좋다.

어째 일이 잘 풀릴 것 같은 기분이 든다.

그러나 그건 착각이었다.

일과 끝나기 몇 분 전, 박희재의 재호출을 받고 대대장실을 찾았을 때 대한은 생각지도 못한 소식을 듣게 되었다.

"하사는 별로지?"

"……이제 군 생활 시작하는 하사 말씀이십니까?"

인사행정담당관을 구해 달라고 했더니 갑자기 하사는 별로냐고 묻는다.

당연히 별로지 이 양반아.

지금 나더러 신병을 하나 더 받으라는 거야?

대한이 착 깔린 목소리로 답하자 박희재가 어색하게 웃으며 말했다.

"하하…… 역시 그럴 줄 알고 하사는 제외 시켰다."

아닌데?

아무리 봐도 하사를 가장 염두에 뒀던 것 같은데?

대한이 의심 가득한 눈초리로 박희재를 쳐다보자 박희재가 대한의 눈길을 피하며 말했다.

"근데 아무리 연락을 돌려 봐도 지금 상황에서 부사관 건질 수 있는 곳은 한 군데뿐이더라."

"그래도 건질 수 있는 곳이 있다는 게 어디겠습니까, 거기가 어딥니까?"

"보충대."

"아……."

보충대라…….

박희재가 말하는 보충대는 보직해임을 당하고 대기 중인 간부들이 있는 곳이다.

그 말은 즉, 사고를 친 경력이 있다는 것.

박희재가 대한의 눈치를 본다.

근데 대한은 의외로 괜찮다는 표정이었다.

'보충대가 완전히 폐급만 있는 곳은 아니니까.'

이런 생각을 하는 까닭은 그래도 사고 친 놈이 완전히 새파란 하사보다는 낫다는 생각 때문이었다.

'그리고 지금은 고양이 손이라도 빌리고 싶을 정도고.'

대한이 씩씩하게 답했다.

"그냥 일만 잘하면 됩니다. 인성이야 제가 알아서 감당하겠습니다. 그나저나 저보단 대대장님이야말로 괜찮으십니까?"

대한의 물음에 박희재가 고개를 갸웃거렸다.

"내가 뭘?"

"사고 친 간부가 오는 데 지휘 부담을 느끼실 수도 있지 않습니까. 대대장님이 조금이라도 부담스러우시면 그냥 안 받겠습니다."

대한이 박희재를 걱정하자 박희재가 웃음을 터뜨렸다.

"하하! 누가 누굴 걱정하는 거냐, 인마. 내 군 생활이 남으면 얼마나 남았다고 그런 놈이 와서 사고 쳐도 군복 벗기지는 않아. 오히려 네가 더 문제지 않겠냐. 사고 치면 1차 상급자인 너한테 바로 피해가 갈 텐데."

음.

그건 또 맞지.

인사행정담당관을 직접적으로 데리고 있는 것은 나니까.

하나 대한도 자신 있었다.

"누가 오든 컨트롤 잘해 보겠습니다."

"큭큭, 알겠다. 그럼 조만간 부대로 올 수 있도록 조치해 놓으마."

그렇게 박희재가 인력 충원을 위해 최선을 다하기 시작했고 그로부터 며칠 뒤 부대에 올 새로운 인사행정담당관을 찾았다고 연락이 왔다.

대한이 박희재에게 물었다.

"일 잘하는 사람입니까?"

"어, 인사행정병과 중사인데 일 처리 하나는 기가 막혔단다. 사단에서도 데려오려고 욕심내던 놈이었대."

"오…… 그런데 왜 보충대 갔답니까?"

대한의 물음에 박희재가 얼마간 우물쭈물하더니 대답했다.

"그…… 상관을 팼다고 하더라고."

"……예?"

"장교랑 싸웠다고 그러더라고."

"……?"

잠깐만.

뭐라고요?

이건 전혀 생각 못 했는데?

박희재가 뒷말을 덧붙였다.

"그 부대 중위 인사과장을 아주 박살 냈다더라."

"아니, 그게 무슨……."

대한은 순간 말문이 막혔다.

그러다 퍼뜩 정신을 차리고 박희재의 손에 들린 프린트를 받아 확인해 보았다.

폭행한 이유를 확인하기 위해서였다.

그런데 거기엔 그런 내용은 없었다.

'미치겠네.'

이유라도 알면 좋으련만.

혹시라도 부조리한 지시를 당해 들이받은 걸 수도 있잖은가?

근데 그런 내용이 없으니 불안감만 가중됐다.

'어쩌지.'

대한이 고민하고 있을 때였다.

그때, 박희재가 은근한 어조로 말했다.

"대한아, 차라리 이렇게 된 거 그냥 즐기는 건 어떻겠냐? 어차피 인사 쪽으로 계속 갈 건데 이왕 이렇게 된 거 이런 경험 있으면 너한테도 좋지 않겠냐?"

"……도대체 하극상한 사람을 받는 것과 제가 인사 쪽으로 가는 것에 무슨 상관이 있는 겁니까?"

"문제아를 한번 이쁘게 키워 보는 거지. 원래 사나운 개가 길들이는 맛이 있다잖냐."

그게 무슨 말도 안 되는…….

프린트를 유심히 보던 대한이 조용히 한숨을 내쉬고 물었다.

"일 잘하는 건 확실합니까?"

"그건 내가 몇 번이나 물어봤다. 아주 확실하다더라. 인사행정병과 상사들보다 훨씬 잘한다고 그러더라."

대한은 박희재의 말에 고개를 끄덕였다.

"그럼 받겠습니다."

"진짜로?"

"하하, 알겠다. 그렇잖아도 그 중사 데리고 가면 본부 중대에도 부사관 채워 준다고 약속하더라."

"예? 그게 무슨…… 설마 보충대랑 거래하신 겁니까?"

"이왕 인력 충원하는 거 제대로 하는 게 좋잖냐."

"도대체 어떻게 하면 보충대랑 거래가 되는 겁니까?"

"아, 이 친구를 다른 부대 보내려고 하니까 다들 곤란해한다고 하더라고. 그래서 데리고 갈 테니 다른 부사관들 좀 많이 채워 달라고 했지."

미친…….

박희재는 대한의 생각보다 훨씬 더 대단한 군인이었다.

박희재가 보충대와 거래를 한 중사는 빠르게 공병단으로 전입을 왔다.

대한은 하던 작업을 빠르게 마무리하고는 곧장 인사과로 향했다.

인사과로 들어가자 차가운 인상의 중사 하나가 대한을 바라봤고 계급을 확인한 중사는 조용히 경례를 했다.

"충성."

"충성, 반갑습니다. 새로 오신 인사행정담당관님 맞으시죠?"

"아, 예."

남승수.

그게 새로 온 인사행정담당관의 이름이었다.

그는 인상만큼이나 까칠한 태도를 보여 주었는데 대한이 어색하게 인사를 마무리하고는 고종민을 바라봤다.

그러자 고종민이 서둘러 대한을 흡연장으로 이끌었다.

그러고는 담배에 불을 붙이며 한숨을 푹 내쉬었다.

"왜 그러십니까?"

"하…… 어째 느낌이 쎄하다, 대한아."

"예?"

"한 반나절은 같이 있었던 것 같은데 도통 말을 안 한다. 묵언 수행이라도 하는 건지 그냥 본인 할 것만 계속해."

"아…….."

어떤 느낌인지 알 것 같았다.

이어서 고종민이 안쓰러운 표정으로 대한에게 말했다.

"솔직히 난 괜찮아. 나랑 같이 지낼 시간은 얼마 안 남았으니까. 근데 난 네가 참 걱정이다."

"저도 저지만 그래도 선배님이랑도 친하게 지내면 좋지 않습니까."

틀린 말은 아니었다.

몇 달 뒤에 단 인사 실무자로 가는 고종민이라면 더더욱 친해지는 게 좋았다.

업무가 완전히 겹치는 건 아니지만 그래도 어느 정도 겹치긴 했으니까.

근데 그 양반이 중사 계급에 그걸 모르진 않을 터.

'뭐지, 장교를 그냥 싫어하는 건가?'

흔한 케이스는 아니지만 군 생활 동안 몇 번 보기는 했다.

특히 짬 좀 먹은 부사관들이 그랬는데 군 생활한 지 1, 2년밖에 안 된 장교를 자신의 상급자랍시고 앉아 있는 걸 그렇게 아니꼬워했다.

"그렇긴 한데…… 에휴, 모르겠다. 난."

"그래도 대대장님께서 일은 잘한다고 했으니 알아서 할 일은 하지 않습니까. 선배님은 선배님 할 것 하시다가 단으로 도망가십쇼."

"그래도 다른 사람도 아니고 네가 올 자리인데 최대한 잘 닦아 두고 가야지. 일단 최선은 다해 볼게."

말은 고맙지만 과연 해낼 수 있을지 모르겠다.

그나저나 걱정이네.

나야 그렇다 쳐도 고종민 성격에 저런 까칠한 인물은 별로 상성에 안 좋을 텐데.

　'그래도 일단은 지켜봐야겠지.'

　대한이 웃으며 응원했다.

　"교체 전에 고생 좀 해 주십쇼."

　"그래, 선배만 딱 믿어라."

　고종민은 대한에게 활짝 웃어 보였고 그 미소가 사라지기까지 오랜 시간이 필요하지 않았다.

　슬슬 날씨가 더워질 때쯤, 초급 간부들이 대한의 부대로 지휘 실습을 왔다.

　대한이 인사과장으로 가고 백종우가 곧 전역함에 따라 1중대에는 2명의 소위가 올 예정이었고 대한과 이영훈은 소위들을 맞이할 준비를 했다.

　이영훈은 대한이 간부 연구실을 정리하고 있자 아쉽다는 듯 말했다.

　"야, 대한아. 겸직 하나만 더 하면 안 되냐?"

　"……저 참모직만 2개를 하는데 여기서 뭘 더 어떻게 합니까?"

　"소대장은 쉽잖아. 하나 더 해라."

이영훈은 진심으로 아쉬운지 울상을 짓고 있었고 대한이 피식 웃으며 답했다.

"소위들 이미 오기로 했는데 그 친구들 자리 없지 않습니까. 양보해야죠."

"하, 미리 안 받아도 된다고 말을 했어야 하는 건데……."

"걱정 마십쇼. 제가 잘 가르치고 가겠습니다."

"아니야, 난 네가 필요해. 널 대체할 수 있는 애는 없어."

억지 아닌 억지였지만 그래도 기분은 좋았다.

칭찬이었으니까.

그로부터 얼마 후, 단에서 이원영과 면담을 마친 소위들이 대대에 도착했고 깔끔하게 생긴 소위 두 명이 이영훈에게 신병처럼 경례했다.

"충! 성!"

"충성. 들어와라."

엄격, 근엄, 진지한 이영훈.

조금 전까지 대한과 장난치던 모습은 찾아볼 수가 없었다.

이영훈은 중대장 특유의 근엄하고 진지한 모습으로 소위들의 경례를 받아 주고는 중대장실로 데리고 갔다.

그 모습을 본 대한이 웃음을 참고 있자 이영훈이 놓치지 않고 말했다.

"1소대장, 너도 들어와라."

"예, 알겠습니다."

대한은 서둘러 중대장실로 따라 들어가 바로 부관 역할을 수행했다.

냉장고에서 음료를 꺼내 소위들에게 주고는 이영훈에게서 가장 멀리 떨어진 곳에 앉아 대기했다.

이영훈이 소위들에게 물었다.

"저번에 부대에서 배워 간 거 전부 다 기억하고 있겠지?"

"예! 그렇습니다!"

"난 너희들한테 많은 걸 바라지 않는다. 딱 기본만 해라, 기본만. 알겠어?"

쓥.

아닌데.

많은 걸 바라던데.

대한이 소위들 몰래 조용히 입꼬리를 올리자 그것을 본 이영훈이 웃음을 참기 위해 턱 근육을 미세하게 떨었다.

그래.

엄격, 근엄, 진지는 무슨.

장난기 넘치는 게 저 양반의 본모습인데.

하지만 대한은 이영훈의 저런 모습이 오래 갈 거라고 생각하지 않았다.

실제로 이영훈은 처음 한두 번만 기회를 주고 잘못이 누적되면 말로 죽여 버리는 스타일이었으니까.

'새삼 옛날 생각나네.'

그땐 이영훈 때문에 어찌나 힘들었는지.

군 생활 2회차가 되어서야 겨우 이영훈과 친해질 수 있었다.

그렇기에 대한은 다짐했다.

저 소위 둘이 이영훈에게 죽어 나가지 않도록 최대한 잘 가르쳐야겠다고 말이다.

이어서 이영훈이 웃음기를 싹 지우고는 물었다.

"이 중에 장기 하는 사람?"

그 말에 소대장 하나가 번개같이 손을 들며 대답했다.

"장기는 안 둔 지 오래됐지만 그래도 둘 줄은 압니다! 그리고 바둑도 둘 줄 압니다!"

그 말에 이영훈의 눈이 휘둥그레 커졌고 동시에 대한은 자기도 모르게 웃음을 터뜨리고 말았다.

그리고 이내 요상한 대답을 한 소위에게 조용히 말했다.

"그 장기, 바둑 말고 군 생활 길게 할 거냐고 물으시는 거잖아."

"아, 앗! 예! 그렇습니다! 아니, 아닙니다! 죄송합니다!"

"그래…… 넌 최대한 빨리 나가는 게 좋아 보인다."

표정이 어두워지는 이영훈.

이영훈이 턱짓하자 대한이 소위들을 데리고 나왔다.

중대장실을 나온 직후 대한이 물었다.

"둘 다 학군이지?"

"예, 그렇습니다."

"단기 복무고?"

"예, 그렇습니다."

하지웅과 문재민.

둘 다 관상을 보아 하니 폐급 관상은 아니었다.

근데 바둑 둘 줄 안다고 했던 놈…… 하지웅은 전생에 봤던 기억이 없었다.

'뭐지? 미래가 바뀌었나?'

아무래도 그런 모양.

대신 옆에 조용히 있는 문재민은 대한이 잘 아는 놈이었다.

소위 문재민.

그는 전역한 백종우 같은 스타일로 딱히 군 생활을 잘하는 건 아니었지만 그렇다고 또 못 하는 것도 아니었다.

'조용히 군 생활하고 전역했던 걸로 기억한다.'

그때, 하지웅이 대한에게 물었다.

"저…… 김 중위님?"

"어, 말해."

"혹시 소대장직보다 참모직이 더 편합니까?"

그 말에 대한은 헛웃음이 났다.

'이런 질문은 좀 친해지고 해야 되는 거 아닌가?'

내가 많이 편한가 보네.

대한은 하지웅의 질문에 어이가 없었지만 좋은 게 좋은 거라고 이내 웃으며 대답해 주었다.

"왜, 편한 거 하고 싶어?"

"기왕이면 편하게 군 생활하고 싶습니다, 헤헤."

이해는 한다.

장교 복무 기간 28개월.

군 생활에 뜻이 없다면 남들보다 편하게 하다 가는 게 이득이었다.

하지만 그것도 본인 하기 나름.

대한이 말했다.

"그건 어딜 가든 네가 하기 나름이야. 소대원들 컨트롤만 잘하면 소대장 하는 게 제일 편하고 가만히 앉아서 혼자 일 하는 게 적성이면 참모직이 편하지."

"김 중위님은 어떤 게 더 편하십니까?"

"나는 둘 다 편하지."

"흠……."

"일단 소대원들부터 제대로 파악해 봐. 내 경험상 재미는 소대장이 제일 재미있어. 또래들이랑 노는 느낌이랄까?"

논다는 말에 하지웅의 표정이 대번에 밝아졌다.

"하하, 예. 알겠습니다."

"그렇다고 너무 편해지진 말고. 애들이 불편해할 수도 있잖아. 아참. 다음 주에 선봉 중대 선발하는 건 알고 있냐?"

"아직 들은 게 없습니다."

"그렇구나. 자세한 건 다시 설명해 줄 테니 우선은 간단하게 만 들어. 선봉 중대는 대대에서 가장 전투력이 뛰어난 중대를 뽑기 위해 자체적으로 평가를 치르는 거야."

평가 방법은 부대마다 달랐다.

애초에 이런 선봉 중대가 없는 부대도 있었고 대한의 부대에서는 매년 선봉 중대를 뽑고 있었다.

그리고 이번에는 오로지 체력과 병기본으로 뽑기로 했고 기준은 둘 다 특급전사의 비율로 평가하기로 했다.

'대대장의 평정 고민을 덜어 주는 것이기도 하지.'

대한의 대대처럼 중대장들의 선후배 관계가 확실하게 있는 곳이 아니라면 이 선봉 중대로 평정의 순위가 바뀌기도 했다.

그도 그럴 것이 대대장의 입장에선 다 똑같이 열심히 하는 부하들인데 누가 더 뛰어나다고 평가하는 게 쉬운 것이 아니었으니까.

'등수가 뚜렷한 결과로 평가하면 마음이 편한 법이지.'

그렇기에 중대장들이 아주 목을 매는 것 중에 하나가 바로 선봉 중대인 셈.

물론 대한의 대대에선 경쟁이 그리 심하진 않을 것이다.

선배인 정우진에게 평정 주는 것이 정석이었으니까.

'선배한테 밀리는 건 평정에 흠이 아니다.'

진급심사를 보는 사람들도 당연하다고 생각할 터.

그러므로 이번 선봉 중대 선발에 있어서 가장 중요하게 볼 것은 소위들의 지휘 능력이었다.

박희재가 일부러 지휘 실습에 맞춰서 일정을 조정한 것도 이 때문일 터.

대한은 다시 한번 소위들에게 선봉 중대를 강조했다.

"소대마다 평가도 가능하니까 지휘 실습 동안 소대원들의 평가 준비에만 최대한 신경 써."

"예, 알겠습니다!"

긴장하며 대답하는 두 사람.

그 모습에 대한이 피식 웃으며 말했다.

"그래도 너무 걱정하지 마. 전임 소대장들이 교육 확실히 시켜 놨으니까 소대원들이 알아서 잘할 거야. 그러니 평가 전까지 소대원들이랑 친해지는 것에만 주력해."

"예, 알겠습니다!"

대한은 두 사람을 데리고 간부 연구실로 들어갔다.

그리고 자리를 알려 주려고 하던 그때, 그 모습을 지켜보던 백종우가 피식 웃으며 말했다.

"대한아, 후배 들어오니까 좋냐?"

"하하, 마음이 무겁습니다."

"신입들 온 거 보니까 드디어 내가 전역할 때가 되긴 됐나 보네."

백종우가 기지개를 켜며 미소를 지었다.

그러고는 소위들에게 물었다.

"장기 하는 사람 있냐?"

그 말에 대한이 웃으며 답했다.

"저기 저 친구는 바둑 둔답니다."

"……아이고, 영훈이 형 머리 좀 아프겠네."

대한의 말뜻을 귀신같이 알아들은 백종우가 고개를 저으며 중대장실로 향했다.

이영훈을 놀리기 위함이었다.

이윽고 그가 나가자 움츠려 있던 하지웅이 물었다.

"저분이 전역하시는 선배님이십니까?"

"응, 맞아."

"그럼 저 선배님은 소대장만 2년을 하신 겁니까?"

"그렇지?"

아무래도 하지웅은 백종우와 대화를 하고 싶어 입이 근질근질한 모양.

그 모습을 본 대한이 가볍게 웃으며 답했다.

"붙임성 좋은 건 알겠는데 저분은 나랑 다른 선배님이시니까 말조심해. 아니, 그냥 아싸리 없는 사람인 척하는 게 좋을 걸?"

"아, 그, 그렇습니까?"

"어, 군대에 마냥 친절한 사람만 있는 건 아니거든."

"아……."

탄식하는 하지웅.

얘는 꼴을 보니 앞으로 고생 좀 하겠다 싶었다.

'계속 이런 상태면 이영훈한테 매일 불려 다닐 것 같네.'

어쩌면 이영훈이 농담처럼 한 말대로 소대장 겸직을 해야 할지도 모를 것 같다.

하나 그건 절대로 있을 수 없는 일.

대한은 다시 한번 두 사람을 제대로 교육시키겠다 다짐한 후 소대원 면담을 위해 자리를 이동했다.

"일단 소대원들 면담부터 하자. 애들 다 모아 놨으니까. 안면부터 터."

"예, 알겠습니다."

근데 배정을 보니 하지웅이 1소대장이었다.

'이걸 다행으로 여겨야 하는 건가.'

1소대장이면 교육하기 더 쉬울 테니.

그리 생각하며 1생활관에 들어간 순간이었다.

"충! 성!"

"뭐야, 네가 왜 여기 있어?"

거기에는 장난기 가득한 표정의 옥지성이 대한에게 경례를 올리고 있었다.

Chapter 3

옥지성은 휴가를 대학교 출석에 전부 써 버리고 복귀해 있었다.

그래서일까?

옥지성을 생각 못 했던 대한은 갑자기 안심이 됐다.

'지성이가 있으면 말이 좀 다르지.'

전역이 얼마 안 남은 병장이었지만 여전히 **빠릿빠릿**하게 작업도 나가는 병장이라 옥지성은 실세 중의 실세였다.

물론 대한의 눈치를 보느라 작업 나오는 걸 테지만 어쨌든 나오는 건 나오는 것.

아무튼 그런 옥지성이 같이 있으면 아이스 브레이킹부터 부대 돌아가는 상황까지 전부 다 쉽게 알려 줄 터.

대한이 한결 놓인 마음으로 하지웅을 소개해 주었다.

"내 후임 소대장이다. 인사 간단하게 하고 바로 체력 단련 준비하자."

"예! 알겠습니다!"

"넌 끝나면 간부 연구실로 오고."

"예, 김 중위님."

대한이 1생활관을 벗어나자 옥지성의 목소리가 복도까지 들려왔다.

"대학 어디 나오셨습니까? 여자 친구 있으십니까?"

역시 옥지성이다.

대한은 이번 기회에 하지웅이 옥지성에게 많은 것들을 배웠으면 했다.

짬병장만큼 제대로 된 튜토리얼 가이드도 없을 테니 말이다.

대한은 간부 연구실로 돌아와 환복 후 하지웅을 기다렸다.

그런데 30분 뒤, 간부 연구실을 찾아온 건 다름 아닌 옥지성이었다.

"충성."

"어, 지성아. 근데 하 소위가 아니라 왜 네가 오냐?"

"하 소위는 아직 소대원들이랑 이야기 중입니다."

"그래? 근데 왜?"

그 말에 옥지성이 복도를 한번 둘러보고는 대한에게 조심스럽게 말했다.

"이런 말씀을 드리는 게 맞나 싶긴 하지만 제가 본 하 소위는 벌써부터 개 빠진 것 같습니다."

"빠지다니?"

"아니, 아까부터 어떻게 하면 꿀 빨 수 있는지만 물어보는데 곤란해 죽겠습니다. 훈련 많냐, 체력 단련 많냐. 뭐 이런 것들 말입니다."

"흠."

나한테도 그러더니 애들한테도 그러네.

아무리 그래도 그렇지 처음 보는 애들한테 그런 걸 물어보면 어쩌자는 거야?

그래도 일단 좋게 말했다.

"네가 편하게 해 줘서 신입된 마음에 물어본 걸 수도 있지 않을까? 따지고 보면 나잇대 자체는 비슷하잖냐."

"그렇게 해석하실 수도 있다고 생각하긴 합니다만…… 저희가 소대장님한테 FM대로 교육받아서 그런지 최소한 저는 그런 말들부터 들으니 걱정이 좀 앞섰습니다. 요즘 일과 중에 계속 체력 단련만 한다니까 한숨만 퍽퍽 쉬고 자기 체력 안 좋다고 자꾸 어필하는데 애들이 거부감을 좀 느껴서 말씀드렸습니다."

"흠……."

일리가 있다.

대한이나 옥지성이나 곧 떠날 사람들이니 남아 있는 사람들이 중요한 법.

대한이 고개를 끄덕이며 말했다.

"일단 알겠다. 네 고민은 접수. 근데 체력이 안 좋진 않을 텐데?"

"왜 그렇게 생각하십니까?"

"쟤 지금 학교에서 교육받는 중이라 체력은 좋을 수밖에 없어. 거긴 부대보다 빡세게 굴리거든. 그런 의미에서 곧 전역할 우리 지성이가 소대원들을 위해 좋은 일 한번 할까?"

"혹시라도 '친해지길 바라' 같은 거 시키실 거면 절대 거절입니다."

"짜식이 눈치는 빨라 가지고."

"다 늙은 물병장이 무슨 힘이 있습니까, 전 조용히 있다 가고 싶습니다. 흑흑."

그 말에 대한이 피식 웃음을 터뜨린다.

✱

간담회가 끝나고 체력 단련이 시작됐다.

물론 체력 단련이라고 했지만 뜀걸음은 아니었다.

"야, 패스해!"

"뒤에 공간 계속 열리잖아. 제대로 막아!"

"저 손 안 맞았습니다!"

오전에 최소한의 작업만 끝내고 줄곧 이어지는 축구였다.

뜀걸음보다 쉬울 수도 있겠지만 그건 안 해 본 사람들이 할 수 있는 말.

최소 4시간, 길면 6시간 동안 축구를 하는 것은 병장도 22시가 되면 바로 취침하게 만들 정도로 힘든 것이었다.

하지웅은 체력 단련을 겁내다가 축구라는 걸 알고는 신나게 뛰어다녔다.

그것을 본 대한이 눈을 좁혔다.

'체력 안 좋다고 툴툴 댄다더니 아주 날아다니는구만.'

아마 옥지성이 말한 대로 선택적 꿀벌일 가능성이 높으리라.

그래도 다행인 건 축구는 꽤 잘했다.

당장 지금만 봐도 하지웅은 미드필더 포지션을 제대로 소화해 냄과 동시에 엄청난 활동량으로 소대를 승리로 이끄는 중이었으니까.

그때 이영훈이 다가와 대한에게 물었다.

"지웅이 잘하고 있냐?"

"예, 몇 가지 걱정되는 부분은 있는데 이 정도면 괜찮은 것 같습니다."

"이상하면 다 네 책임이니까 인사과에 있다가 바로 올라와라."

"예? 그게 무슨 말씀이십니까?"

"맞잖아. 내가 가르쳤으면 내가 책임지겠는데 네가 가르쳤으니까 네가 책임져야지."

이건 또 뭔······.

대한은 이영훈을 어이없다는 듯 바라봤으나 이영훈은 능숙하게 대한의 시선을 피하며 말했다.

"자리 없지?"

"예, 없습니다. 축구 대신 웨이트라도 하러 가십니까?"

"흠, 그래. 그러자."

대한은 이영훈과 티격태격하며 헬스장으로 향했다.

그렇게 헬스를 마치고 돌아오자 연병장이 텅 비어 있었다.

대신 흡연장이 시끄러웠다

거기엔 아이스크림을 하나씩 물고 있는 병사들이 보였는데 대한이 의외라는 표정으로 하지웅에게 다가가 물었다.

"네가 사 줬어?"

"하하, 예. 저희 팀이 지는 바람에 제가 그냥 다 샀습니다."

"왕고빵 했냐?"

"예, 김 중위님 계셨으면 제가 돈 안 냈을 텐데 아쉽습니다."

하지웅의 장난에 대한이 피식 웃었다.

"내가 있었으면 아예 패배를 안 했지."

그러자 옆에서 대화를 듣고 있던 옥지성이 대한에게 말했다.

"에이, 그건 모를 일입니다. 소대장님보다 하 소위가 축구 더 잘합니다."

"아, 그래? 공 좀 차냐?"

"준규도 인정했습니다."

이건 의원데?

선수출신의 인정을 받다니.

생각보다 적응이 빠를 듯했다.

아이스크림을 다 먹은 병력들은 이내 다시 축구 경기를 시작했고 일과가 끝날 무렵쯤이 되어서야 대한은 하지웅을 데리고 식당으로 향했다.

대한이 하지웅과 식사를 하며 말했다.

"지웅아, 좀 있다 애들 개인 면담하는 거 알려 줄게."

"아…… 좀 있다가 말씀이십니까?"

"어, 일과 때는 애들 면담 잘못하니까 야간에 해 두면 편해."

하지웅은 대한의 말에 표정이 굳더니 이내 조심스레 질문했다.

"그…… 혹시 내일 일과 때 하면 안 됩니까?"

"일과 때는 바쁘기도 하고 해서 보통 야간에 하긴 하는데…… 왜?"

"하핫, 조금 쉬고 싶어서 말입니다."

흠.

하긴 하지웅의 말도 틀린 건 아니었다.

일과 중에 해도 상관은 없었으니까.

'모두가 나 같을 순 없지.'

대한이 고개를 끄덕이며 말했다.

"그래, 그럼 내일 오전에 하자."

"넵, 알겠습니다!"

"그나저나 대대장님 면담은 했어?"

"아, 대대장님은 내일 한다고 하셨습니다."

대한은 처음 박희재와 면담했을 때를 떠올렸다.

그러고는 전날 미리 면담을 실시했다는 것만으로도 점수를 땄던 걸 떠올리고는 다시 한번 조심스럽게 입을 열었다.

"그…… 혹시나 해서 해 주는 말인데 대대장님이 내일 소대원들 면담은 다 했는지 여쭤보실 수도 있거든? 그러니 내 추천은 오늘 하는 게 좋을 것 같다만?"

"흠…… 제가 고를 수 있는 거면 그냥 내일 하겠습니다."

"……그래, 그러자."

저렇게까지 말하는데 더 뭐라고 할 순 없다.

이이상은 부조리처럼 느껴질 수도 있을 테니.

그렇게 숙소로 복귀를 했고.

다음 날 아침.

박희재가 소위들을 호출했다.

대한은 소위 두 명을 대대장실로 데려다주었다.

그리고 소위들의 면담이 끝나자 박희재로부터 전화가 왔다.

"충성!"

—내려와라.

착 가라앉은 목소리.

느낌이 별로 좋지 않다.

서둘러 대대장실로 내려가니 소위들은 이미 나갔는지 빈 음료 캔만 남아 있었고 박희재가 한숨을 쉬며 대한에게 말했다.

"대한아."

"예, 대대장님."

"소대원들 면담 다음 날 하자고 했냐?"

"결……론적으로는 맞습니다."

그 말에 박희재가 다시 한번 한숨을 쉬며 물었다.

"왜?"

"……사실대로 말씀드리겠습니다."

"말해 봐."

"식사를 하면서 한 소위한테 야간에 면담하는 걸 추천했으나 피곤한 기색을 보였고 내일 하면 안 되냐는 물음에 일과 이후에 강제로 시키는 게 부조리처럼 느껴져서 금일 오전에 면담 실시 하라고 했습니다."

박희재는 대한의 말을 듣고 한참을 가만히 있더니 조용히 숨을 내뱉으며 말했다.

"후, 내가 기대를 좀 많이 했나 보다."

"……아닙니다, 죄송합니다."

"네가 왜 죄송하냐. 네가 잘못한 게 뭐 있다고."

"실망시켜 드렸지 않습니까."

"그건 너한테 실망한 게 아니라 소위들한테 실망한 거지. 네 가 전입 온 이후로 내 모든 기준점은 네가 됐거든."

아아.

역시 한번 높아진 눈은 좀처럼 낮추기가 힘들다.

박희재의 말이 이어졌다.

"그리고 애초에 네가 미리 교육 안 했을 거라고 생각하지도 않았다. 역시 넌 너다. 근데 그런 말을 듣고도 미리 면담을 안 했다고 하니 그게 마음에 안 들어서 그런 거지."

그 말을 대한이 조심스레 말했다.

"대대장님, 제가 감히 한 말씀드려도 되겠습니까?"

"어, 해라."

"저도 초급 간부이긴 하지만 요즘 간부들은 워라벨이니 뭐니 하면서 개인 시간을 아주 중요하게 생각하는 것 같습니다. 게다가 지휘 실습 기간엔 소위들이 초과근무를 할 수도 있는 것도 아니라서 거부감이 들 수도 있겠다는 생각이 들 것 같습니다."

그 말에 박희재는 잠시 눈을 감더니 천천히 고개를 끄덕였다.

"그래, 안 그래도 단기 한다고 하던데 내가 너무 큰 기대를 했나 보네. 근데……."

말을 잇던 박희재가 대한을 보며 물었다.

"넌 뭐냐?"

"예?"

"너는 요즘 애들 아니냐? 누가 들으면 넌 나이 많은 줄 알겠다?"

"하하…… 전 저이치 않습니까."

그 말에 박희재가 피식 웃었다.

"그래. 넌 너지. 외계인 같은 놈. 하지만 저놈들이 내 부하로 들어온 이상, 난 대충대충 하는 꼴은 못 본다. 이게 다 네 잘못이야. 네가 내 눈을 너무 높여 놨어."

"아니, 그건……."

"됐고, 네가 싹 다 개조시켜 놔. 내 전역이 얼마나 남았다고 저런 놈들 보면서 스트레스 받아야겠냐."

결국 돌고 돌아 이게 본론이구만.

대한이 속으로 한숨을 내쉬었다.

'난 직속상관도 아닌데 억울하네.'

원래 이런 건 중대장들이 하는 게 맞지 않나?

대한은 혹시나 하는 마음에 간절한 눈빛을 보냈으나 씨알도 먹히지 않았다.

이내 체념한 대한이 조용히 한숨을 삼키며 대답했다.

"……지휘 실습 기간 동안 확실히 교육시켜 놓겠습니다."

"그래, 너만 믿는다. 그럼 이제 올라가 보거라."

"……충성."

원하는 대답을 들은 박희재가 그제야 미소를 짓는다.

에잉, 치사한 양반.

본인이 악역 하긴 싫고 그렇다고 중대장들 시키자니 그렇게 큰일은 아니라고 생각했겠지.

'결국 또 짬 처리구만.'

대한은 대대장실에 빠져나와 간부 연구실로 향했다.

꾸중도 들었으니 바로 소위들을 모아 교육시키려고 했는데 녀석들이 보이지 않았다.

대한이 구석에 웅크려 있는 백종우를 보며 물었다.

"선배님, 애들 어디 갔습니까?"

"영훈이 형이 작업 보냈어."

대한은 곧장 소위들이 작업하고 있는 곳으로 올라갔다.

그런데 거기서 하지웅이 하는 행동을 보자마자 참고 있던 분노가 끓어올랐다.

✳

하지웅은 소대원들을 데리고 울타리 작업 중이었다.

그런데 자세히 살펴보니 허리에 손을 올리고 갖은 짜증을 다 내고 있었던 것.

"야! 속도 그것밖에 못 내냐? 빨리해야지 빨리 가지! 힘 좀 팍팍 줘라! 그래 가지고 오늘 안에 끝이나 나겠냐?"

저게 부대 온 지 이틀 된 소위라고?

대한은 하지웅을 인격적으로 대해 줬던 것을 후회했다.

그렇기에 그 건방진 모습을 보자마자 소리쳤다.

"야!"

"어? 김 중위님?"

"김 중위님? 이 새끼가…… 야, 경례 안 해?"

"……예, 예?"

"예? 미쳤네, 이거. 너 내려와."

그 순간, 그곳의 공기가 얼어붙었다.

다들 대한이 이렇게까지 화내는 걸 너무 오랜만에 봤기 때문이다.

대한이 찌그린 미간 그대로 옥지성을 불렀다.

"지성아."

"예, 소대장님."

"애들한테 휴식시간 부여해라."

"예, 알겠습니다."

눈치 빠른 옥지성은 그대로 소대원들을 데리고 멀리 사라졌다.

이윽고 두 사람만 남게 된 걸 확인한 대한이 입을 열었다.

"너 뭐냐?"

"왜, 왜 그러십니까?"

"왜 그러십니까?"

"예?"

"예에?"

이 자식이 아직도 어리버리를 타네?

대한이 헛웃음을 터뜨리며 말했다.

"녹색 견장 달고 애들이 소대장님, 소대장님 해 주니까 눈에 뵈는 게 없냐? 너 애들 이름은 다 알고 있어?"

"……."

당연히 모르겠지.

외우려고 노력하는 걸 본 적이 없으니까.

끽해야 옥지성 정도나 알까.

그마저도 옥지성이 하지웅과 친해지려고 노력한 결과였다.

대한이 말을 이었다.

"애들 이름도 모르는데 뭔 작업을 시키냐? 그리고 애들 보다 작업을 잘하는 것도 아니면서 네가 뭔데 그딴 식으로 시키기만 하냐?"

말뿐인 상관은 누구나 좋아하지 않는다.

게다가 능력도 없으면서 목소리만 크면 더더욱 좋아하지 않는다.

하지웅이 딱 그런 모습이었다.

그래서 화가 난 것이다.

대한의 말이 이어졌다.

"군대가 우습냐? 아무리 개념이 없어도 그렇지 교관님도 알려 줬을 거고 동기들끼리 이것저것 말도 많이 나눴을 텐데 오자마자 이딴 짓거리를 해?"

대한의 윽박에 하지웅이 기어 들어가는 목소리로 대답했다.

"……죄, 죄송합니다."

"죄송해? 나한테 죄송하긴 하냐? 그리고 나한테만 죄송하냐? 소대원들은? 윽박은 소대원들한테 질러 놓고 나한테만 죄송해?"

"죄송합니다. 좀 있다가 사과하겠습니다."

"아니, 넌 이미 늦었어. 난 말로만 사과하는 꼴은 못 보거든."

"……잘못 들었습니다?"

"네가 들은 게 맞아. 말로 때우는 건 누가 못 하냐? 행동으로 증명해라. 오늘 작업 네가 다 해."

그 말에 하지웅의 눈이 휘둥그레졌다.

하지만 대한은 진심이었다.

"쟤들 아직 내 소대원이다. 그리고 난 지시받은 것도 없고. 근데 감히 내 소대원들을 그딴 식으로 부려 먹어? 그리고 지시는 네가 중대장님한테 직접 받았지, 애들이 받았냐?"

"아닙니다."

"그럼 누가 해? 네가 해야지. 정 하기 싫으면 들이받아. 명령 불복종이나 하극상으로 처리할 테니까. 군 생활 시작부터 징계받고 시작하면 참 좋겠다, 그치?"

"아닙니다. 하겠습니다."

단기 복무자든 장기 복무자든 징계가 두려운 건 마찬가지였다.

대한의 말에 하지웅은 지레 겁을 먹기 시작했고 대한은 하지웅을 무시한 채 소대원들에게로 향했다.

대한이 나타나자 옥지성이 실실 웃으며 다가왔다.

"오셨습니까?"

"애들은?"

"소대장님 덕분에 이제야 좀 쉬고 있습니다. 아까 전에 다들 소대장님 오시자마자 어찌나 감격하는지…… 딱 좋은 타이밍에 나타나셨습니다."

"오버하긴…… 됐고, 쟤한테 장비 넘겨주고 계속 쉬어."

"예? 그래도 됩니까?"

"정신 빠진 놈은 정신 들 때까지 굴려야 제 맛이지. 나 분명히 말했다. 저놈 혼자 하게 놔두라고. 만약 도와주는 놈 있으면 내 손에 죽을 줄 알아."

"하핫, 저희는 좋습니다. 근데 혼자서 여기 다 하려면 빡셀 텐데."

"아니까 시키는 거야. 그러니까 애들한테 딱 말해 놔. 절대로 도와주지 말라고."

"예, 알겠습니다!"

대한과 옥지성은 소대원들에게 다가가 자리를 잡고 하지웅을 바라봤다.

하지웅은 대한의 눈치를 보더니 이내 낫을 들고 풀들을 정리하기 시작했고 그렇게 30분쯤 지났을까, 하지웅의 전투복이 땀으로 푹 젖기 시작했다.

"하아…… 하아……."

이게 무슨 광경일까.

땀범벅이 된 하지웅을 보고 있자 슬슬 소대원들도 눈치가 보이는지 옥지성을 통해 대한에게 물었다.

"그…… 소대장님, 슬슬 도와줘도 되지 않습니까?"

"아까 엄청 쉽다는 듯이 말했잖아. 혼자 잘 하겠지."

옥지성은 대한의 말에 고개를 끄덕이고는 아예 그늘로 가서 누워 버렸다.

다른 소대원들이라면 몰라도, 옥지성은 그런 걸 절대로 신경 쓰지 않는 사람이었으니까.

그렇게 또 30분이 흘렀고 보다 못한 소대원들이 대한의 눈을 피해 조금씩 작업을 도와주기 시작했다.

대한은 분명 그 모습을 봤지만 일부러 모른 척을 했고 그러다 얼마 지나지 않아 옥지성을 불렀다.

"지성아."

"어우, 예, 소대장님."

"뭐야, 그새 잤냐?"

"원래 병장은 서서도 잘 수 있지 않습니까. 이 날씨에 이 그늘이면 3박 4일은 잘 수 있습니다."

대한이 고개를 내저으며 말했다.

"내려가자."

"지금 말씀이십니까?"

"어, 그냥 가자. 너랑 나 둘이만."

"아, 옙, 알겠습니다."

대한은 옥지성과 함께 그대로 막사로 복귀했다.

내려오는 길에 옥지성이 물었다.

"근데 왜 저만 데리고 오셨습니까?"

"넌 하 소위랑 군 생활 같이 안 하잖아."

지금쯤이면 소대원들도 하지웅이 반성하고 있다는 걸 알겠지.

하지웅도 자신의 잘못을 뼈저리게 느끼고 있을 테고.

그래서 일부러 자리를 피해 준 것이다.

이렇게 해야 소대원들에게 고마움을 느낄 테니까.

대한의 말에 옥지성이 아쉽다는 듯 말했다.

"이렇게 보니 조금 아쉬운 것 같습니다."

"뭐가?"

"소대장님 말고 하 소위랑 군 생활했으면 제가 싹 잡아먹을 수도 있지 않았겠습니까."

"이 자식이, 잡아먹긴 뭘 잡아먹어? 네가 호랑이냐? 그리고 고문관이랑 군 생활 하면 잡아먹는 건 둘째 치고 매일이 고문이야."

"그건 또 그렇습니다."

그렇게 두 사람은 소대원들에게 줄 간식을 사러 피엑스로 향했다.

다음 주 월요일.

소위들의 지휘 실습이 끝나는 날이었다.

하지웅은 그날 이후 군기가 바짝 든 모습으로 소위답게 행동했다.

예컨대 야간은 물론 주말에도 병력들과 친해지기 위해 노력하는 것들 말이다.

그래서일까?

하지웅은 결국 대한에게 소대장으로서 합격점을 받을 수 있었다.

대한이 하지웅을 배웅하며 말했다.

"공병학교 돌아가서 다 잊어버리지 마라. 너 어차피 이리로 오는 거 알지?"

"물론입니다! 절대로 안 잊어버리겠습니다!"

"중대장님도 기대하신다더라. 부대 올 때까지 몸조심하고."

"예, 연락드리겠습니다! 충성!"

제대로 된 소대장 하나 만들었다고 생각하니 뿌듯함이 몰려왔다.

생각해 보면 군 생활을 하면서 제대로 된 선후배가 없었던 것 같다.

그도 그럴 게 전생의 자신은 내 앞가림하기에도 급급했으니까.

대한은 소위들이 탄 차가 떠나는 걸 확인하고서야 막사로 복귀했다.

그러고는 곧장 인사과로 향했다.

"충성!"

"애들 다 갔어?"

"예, 보내고 오는 길입니다."

"후, 드디어 갔네."

"고생하셨습니다."

고종민은 소위들이 지휘 실습을 오면서 굉장히 바쁜 상태였다.

숙소나 식사 문제들을 모두 처리해야 했고 상급 부대에서 내려오는 설문들까지 처리해야 될 게 무척이나 많았으니까.

그런데 소위들이 떠났으니 이제 남은 일이라곤 대한에게 인수인계하는 것뿐.

그러니 사실상 지금부터 자유 시간이나 마찬가지였다.

다른 사람도 아니고 인수인계 대상자가 대한이었으니까.

'일일 계획에 반영은 다 돼 있겠지만 사실상 확인만 하면 되는 거니 자유 시간이 맞지.'

대한이 해방감을 만끽하는 고종민에서 남승수 쪽으로 시선을 옮기며 물었다.

"담당관님?"

"예."

"부대는 좀 어떻습니까?"

"괜찮습니다."

흠.

여전히 까칠한 양반이네.

그래도 뭐, 일은 잘하니까.

대한은 남승수를 보며 씨익 웃어 주고는 고종민의 컴퓨터로 파일의 이것저것을 확인하며 물었다.

"근데 왜 벌써부터 인수인계하시려고 하십니까? 아직 한 달도 더 남았는데?"

"아, 차현수 중위가 뭘 시험 준비한다고 전역 전 휴가를 미리 썼더라고."

대한은 달력을 확인하고 그 말의 뜻을 알 수 있었다.

'군무원 시험 준비 중이구나.'

아무래도 대한의 제안이 마음에 든 모양.

시기를 보니 시험 전에 맞춰서 미리 휴가를 쓰고 공부에 집중하려는 듯했다.

대한이 옅은 미소와 함께 물었다.

"선배님은 언제 올라가십니까."

"나는 한 일주일 전에? 아직 언제 오라는 말씀은 없으시던데?"

"흠……"

공병단에서 중위 이하 계급 보직 교체 시기는 아주 정신없는 시기 중 하나였다.

보직 교체와 동시에 동원 훈련이 시작되니까.

다시 말해 인사 실무자들의 머리가 터져 나가는 상황.

원래라면 대한도 엄청 걱정해야 하는 것이 정상이었다.

'동원 훈련 준비에 대해 하나도 모르니까.'

고종민이야 대대에서 한번 해 봤기에 단에 가서 당장 하더라도 문제가 없을 터.

하지만 대한은 달랐다.

대한이 보통의 소위였다면 말이다.

그래서일까, 고종민이 걱정스러운 투로 물었다.

"동원 훈련 때문에 그러지? 너무 걱정하지 마. 내가 내려와서라도 도와줄 테니까."

그 말에 대한은 미소를 지었다.

이렇게 보니 참 잘 키웠다는 생각이 들어서였다.

대한이 기특함에 미소 지으며 답했다.

"하하, 괜찮습니다. 혼자 잘해 보겠습니다."

"괜찮겠어?"

"예, 뭐. 평소대로 그냥 하면 되지 않겠습니까?"

그 말에 고종민은 자기도 모르게 고개를 끄덕였다.

다른 사람도 아니고 대한이었으니까.

그런데 남승수는 아니었다.

"김 중위님, 동원 훈련 해 보셨습니까?"

과묵한 남승수의 질문에 대한이 재밌다는 듯 웃으며 대답했다.

"소대장으로 한번 해 봤습니다."

"근데 왜 그렇게 자신 있어 하십니까? 동원 훈련이 쉬워 보이십니까?"

남승수가 입을 연 이유.

아무래도 대한이 고종민의 호의를 거절한 것으로 보였나 보다.

그렇기에 남승수의 저런 반응도 이해는 갔다.

대한이 제대로 일을 못 하면 고생할 건 다름 아닌 본인이었으니까.

그래서 별로 기분 나쁘다기보다는 오히려 기분 좋게 생각했다.

과묵한 남승수가 먼저 말을 걸어 왔으니까.

대한이 대답했다.

"쉬워 보이는 건 아닌데 그렇다고 또 어려워 보이진 않습니다. 여튼 뭐, 잘해 보겠습니다."

그 말에 남승수가 미간을 찌푸리며 말했다.

"인사과장님 도움 많이 받으셔야 할 겁니다. 전 인사과장 업무까지 하는 사람이 아닙니다."

단호하게 말하는 남승수.

시작도 하기 전부터 선을 확실하게 그어버렸다.

그래, 이런 스타일이라 이거지?

드디어 남승수에 대해 조금은 알아가는 듯했다.

대한이 씨익 웃으며 대답했다.

"당연한 거 아니겠습니까. 각자 할 일만 잘하면 되는 거지 않습니까?"

남승수는 대한의 대답에 처음으로 모니터에서 눈을 떼고 대한을 바라봤다.

대한은 싱긋 웃어 주었고 남승수는 그런 대한을 보며 작게 고개를 내저었다.

그때 두 사람 사이에서 눈치 보던 고종민이 조용히 자리에서 일어나며 말했다.

"대한아, 담배나 한 대 피우러 가자."

"예, 가시죠."

그리고 인사과를 벗어나자마자 대한에게 말했다.

"야, 대한아."

"예, 선배님."

"내가 노파심에 혹시나 해서 말하는 건데 저 사람…… 아니, 담당관은 진짜 아무것도 안 도와준다? 진짜 뭐 요만큼이라도 기대하면 안 돼."

"아, 괜찮습니다. 애초에 누군가의 도움을 기대하고 일해 본 적도 없습니다."

"장난칠 게 아니라 진짜래도?"

"하하, 저도 진지합니다."

웃으며 말하는 대한.

그러나 고종민은 그런 대한과 남승수 사이가 자꾸만 불안하게 느껴졌다.

그 주 주말.

대한은 부대에서 조금 떨어진 곳에 위치한 군인 아파트로 향했다.

주차를 마친 대한은 차에서 종이봉투 몇 개를 꺼내 손에 들었다.

그런 다음 미리 체크한 주소지의 아파트로 올라가 초인종을 눌렀다.

그러자 웬 여자가 문을 살짝 열고 고개를 내밀었다.

"누구세요?"

"아, 안녕하세요. 전 남 중사님 직장 동료, 김대한 중위라고 합니다."

"저희 남편 동료시라고요?"

그때, 깜짝 놀란 남승수가 문을 열며 물었다.

"김 중위님이 여긴 어쩐 일로……?"

그 말에 대한이 한쪽 손을 들어 종이봉투를 흔들며 말했다.

"놀러 왔습니다."

그 말에 남승수가 당황하며 말했다.

"……일단 들어오십쇼."

"감사합니다."

남승수는 부대 내에 간부숙소에 있다가 아파트를 받자마자 이사를 했다.

이사한 지 며칠 되지 않았음에도 집안은 이사한 흔적을 찾아볼 수 없을 정도로 깔끔했다.

'업무에 선 긋는 것처럼 아주 깔끔한 양반이네.'

집만 봐도 그의 성격이 보이는 듯했다.

이어 대한이 들어가자 남승수의 딸이 뛰어나와 배에 양손을 얹고 인사했다.

"안녕하세요!"

"안녕, 난 아빠 동료 삼촌이야."

대한의 대답에 부끄러운지 남승수의 뒤로 숨어 버리는 딸.

그 모습에 대한이 미소를 지었고 이어서 남승수가 물었다.

"근데 주말에 말도 없이 무슨 일이십니까."

"선물도 드릴 겸 해서 잠깐 들렀습니다."

"……선물이요?"

"예, 듣자 하니 술 좋아하신다면서요?"

대한이 건넨 종이봉투를 확인해 보자 그 안에서 값비싼 양주들이 쏟아져 나왔다.

그걸 본 남승주의 눈이 다시 한번 더 커졌다.

"이건……."

"산 건 아니고 그동안 선물 받았던 술들 좀 가지고 왔습니다. 그리고 이것도."

대한은 잇달아 다른 손에 있던 종이봉투도 내밀었다.

안에는 고급 화장품 선물 세트가 들어 있었다.

"이건 제수씨 선물입니다."

"어머, 뭘 이런 걸 다."

얼른 선물을 받아 드는 그녀.

남승수와는 달리 그녀는 제법 붙임성이 있었다.

그리고 선물을 열어 보더니 입꼬리가 함지박하게 걸렸다.

"이 비싼 걸……! 잘 쓸게요, 중위님!"

"하하, 아닙니다. 적당히 추천받은 건데 좋아하시니 다행이네요."

원래 남의 집을 공략하려면 그 집의 안사람을 잘해 주라는 말이 있다.

그리고 그 작전은 보기 좋게 먹혀들었다.

자신의 아내가 저리 좋아하니 남승수도 경계를 풀기 시작한 것.

남승수가 조용히 한숨을 내쉬며 말했다.

"일단 앉으시죠."

"에이. 아닙니다. 괜찮습니다."

"이런 거 받았는데 그냥 보내면 제가 뭐가 되겠습니까."

남승수의 말에 대한이 씨익 웃음을 지었다.

'술 좋아하긴 하나 봐. 돌려준다고 하지는 않네.'

대한을 소파에 앉히고는 남승수가 술을 정리했다. 그리고 음료수를 한잔 담아 대한에게 건넸다.

"젊은 분이 주말에 친구들 안 만나고 뭐 하십니까."

"제가 인맥이 좁아서 그런지 주말에 같이 놀 만한 친구가 없습니다."

틀린 말은 아니었다.

따지고 보면 같이 놀만한 친구들은 오정식뿐이었으니까.

그 말에 살짝 당황한 남승수가 화제를 돌렸다.

"식사는 하셨습니까?"

"복귀하는 길에 해야죠."

남승수는 아내를 한번 보고는 대한에게 말했다.

"음료수 한 잔으로 보내기는 뭐하니까 식사라도 하고 가십쇼. 마침 저도 식전입니다."

"그럼 감사히 먹고 가겠습니다."

대한이 원했던 바였다.

이를 위해 일부러 시간도 저녁때를 골라서 온 거였으니까.

대한의 수락에 남승수가 고개를 끄덕이고는 아내에게 말했다.

"여보, 부탁 좀 할게."

"당연하지."

신난 아내가 얼른 저녁상 준비를 한다.

그때, 방문 뒤에 숨어서 본인을 쳐다보는 남승수의 딸을 향해 말했다.

"이름이 뭐야?"

"……."

아빠를 닮아서 그런가.

아이는 부끄러운지 대답 대신 다시 숨었다.

그래서 남승수가 대신 대답했다.

"남희정입니다."

이름을 들은 대한이 넉살 좋게 말을 붙였다.

"희정아 안녕? 삼촌이 희정이 선물도 가져왔는데."

"예?"

그 말에 놀란 건 남승수였다.

대한이 웃으며 말했다.

"좀 도와주시겠습니까? 부피가 있어서 혼자선 못 들고 왔습니다."

"아니, 뭐 애 선물까지……."

자기 선물과 와이프 선물은 그렇다 쳐도 자식 선물까지 사 오다니.

남승수는 대한을 점점 더 이상한 눈빛으로 쳐다볼 수밖에 없었다.

당연한 반응이었다.

친분이 있는 것도 아닌데 갑자기 집에 찾아와서 선물을 던져 주고 있었으니.

아직 인사과장으로 온 것도 아닌 대한의 이런 태도를 남승수는 이해할 수가 없었다.

그렇기에 대한도 남승수의 눈빛을 읽고는 말했다.

"왜 이러나 싶으십니까?"

"……예."

"그냥 친해지고 싶어서 그렇습니다. 제가 이런 방법밖엔 몰라서요. 그나저나 희정이가 선물 궁금해하는 것 같은데 얼른 같이 내려갔다 오시죠."

대한은 남승수를 이끌고 본인의 차로 향했고 트렁크에서 어린이 전집을 꺼내 주었다.

"더 필요하면 말씀하십쇼. 몇 개 더 있습니다."

"아니, 애도 없는 분이 이런 게 왜 더 있습니까? 뭐 집안 어른이 출판사라도 하십니까?"

"어? 저 찾아보시긴 하신 겁니까? 미혼인거?"

"아니, 그 나이대면 당연한…… 휴, 일단 가시죠."

대한은 남승수의 집으로 올라가 남희정에게 책을 주었고 남희정은 책을 하나씩 꺼내며 몹시 즐거워했다.

다행히 책을 좋아하는 모양.

대한과 남승수는 남희정이 노는 것을 잠시 보고는 다시 소파로 왔다.

때마침 준비를 마친 남승수의 아내가 밥상을 가지고 왔다.

"급하게 해서 간이 제대로 맞을지 모르겠네요."

"벌써 군침이 돕니다. 그럼 잘 먹겠습니다."

그녀의 걱정과는 달리 밥은 아주 맛있었다.

식사를 다 마칠 때쯤 아내가 대한에게 말했다.

"남편이랑 같이 근무하는 분이 집에 온 건 처음이라서 당황했었는데 이렇게 오시니까 참 즐겁네요."

"아, 제가 처음입니까?"

"네, 다른 군인들 집에는 간부들이 많이 온다고 하는데 저는 처음이에요."

아내가 미소를 보이며 말하자 대한은 남승수를 보며 의외라는 듯 말했다.

"군 생활 짧게 하신 것도 아닌데 참 희한하네요."

"뭐…… 데리고 오고 싶은 사람이 있어야 초대하는 것 아니겠습니까."

"그럼 다음에는 정식으로 초대해 주십니까?"

"……그건 지내봐야 알죠."

평소라면 칼같이 선부터 그을 양반이 아무래도 뇌물이 잘 먹히긴 한 모양.

대한은 남승수의 대답에 미소를 지었다.

'이 정도 친해졌으면 이제 일하는 데는 별로 문제없겠네.'

대한은 고종민과 나누었던 대화를 떠올렸다.

"아참, 혹시 선배님은 남 중사랑 따로 식사한 적 있으십니까?"

"아니, 아직. 시간이 없어서 못 했어. 일단 시간 맞춰 보자고 했는데…… 근데 시간이 날까? 아마 그냥 올라가지 싶다."

"그렇습니까? 그럼 혹시 남 중사 술 좋아한답니까?"

"좋아한다던데? 아, 근데 본인보다 먼저 취할 것 같으면 술 먹자고 하지 말라더라. 재미없다고."

"술 잘 먹는답니까?"

"몰라, 그렇게 이야기하길래 일부러 술 이야기 안 꺼냈어."

고종민이 너무 걱정해서 혹시나 하는 마음에 물어본 건데 거기서 힌트를 얻었다.

남승수가 술을 좋아하는 것 같다고 말이다.

그래서 술과 다른 선물들을 섞어서 사 들고 온 건데 그 작전이 보기 좋게 먹혀들었다.

식사를 마친 대한이 슬슬 자리에서 일어났다.

"그럼 식사도 끝났으니 전 이만 가 보도록 하겠습니다."

"벌써 가십니까?"

"그럼요?"

대한의 되물음에 남승수가 그답지 않게 옅은 미소를 띠며 말했다.

"내일도 쉬는 날인데 술이나 한잔하시죠."

그 말에 대한이 은근한 표정으로 되물었다.

"들어 보니까 남 중사님보다 술 못 먹으면 술 먹지 말라고 하던데…….."

"……그건 제가 마시기 싫으니까 그냥 하는 소리였고 지금은 상관없습니다."

그렇군.

그냥 고종민이랑 술 먹기 싫었던 거였어.

그런 의미에서 자신한테는 먼저 먹자고 했으니 기분이 나쁘지 않다.

하지만 그래도 예의상 한 번은 거절했다.

"저는 그럼 다음에 먹겠습니다. 제가 오늘은 차를 가지고 와서요."

"자고 가면 되잖습니까?"

이 양반 보게?

그 말에 대한은 얼른 아내분 눈치부터 살폈고 그녀는 웃으며 고개를 끄덕였다.

"주무시고 가세요. 어차피 저희도 토요일마다 술 한 잔씩 하는데 새로운 사람 있으면 좋죠."

"아…… 그럼 실례 좀 하겠습니다."

오히려 잘됐다.

술자리를 통해 친해지는 것만큼 빨리 친해지는 것도 없으니까.

밥상이 치워지고 금방 술상이 차려졌고 이내 남승수가 소주를 가지고 왔다.

그것을 본 대한이 물었다.

"저희 소주 마십니까?"

"소주 싫어하십니까?"

"아니, 그건 아닌데 제가 선물해 드린 술도 많이 있지 않습니까."

"그건 좋은 날에 좋은 사람들이랑 먹어야죠."

"저는 그 둘 중 무엇도 포함 안 되는 겁니까?"

"오늘은 날이 별로지 않습니까."

그 말에 대한이 피식 웃었다.

"첫 손님이 온 날이면 괜찮은 날 아닌가……."

"자, 자, 한잔 받으십쇼."

남승수는 대한에게 소주잔을 쥐어 주고는 술을 가득 따라 주었다.

그것을 본 대한이 한 번 더 웃으며 말했다.

"잔 넘치겠습니다. 사랑이 이렇게 넘치시는 분인 줄은 몰랐습니다."

"자, 짠."

그 말에 남승수가 서둘러 건배를 권했고 시답잖은 이야기들을 소소하게 안주 삼으며 술자리가 이어졌다.

그때, 대한이 시킨 배달 음식들이 집으로 도착했다.

그것을 본 남승수의 아내가 놀란 눈으로 물었다.

"언제 이런 걸 시키셨어요?"

"얻어먹기만 해서 되겠습니까. 대신 시키실까 봐 몰래 시켜 놨습니다."

"젊으셔서 그런가 센스가 참 좋으셔요."

신난 그녀가 얼른 배달 음식들을 세팅하기 시작했고 그때를 시작으로 술자리는 점점 더 깊어져 갔다.

그러다 한참 뒤 남희정이 잘 시간이 되었고 아내가 먼저 남희정을 재우러 방에 들어갔다.

아내가 사라지자 두 사람 사이에 잠시 침묵이 흐르더니 남승수가 먼저 입을 열었다.

"오늘 저희 집에 오셔서 정말 놀랐습니다."

"저도 남 중사님 본모습에 깜짝 놀라는 중입니다."

그 말에 남승수가 입꼬리를 올렸다.

"김 중위님 참 재밌는 분이셨네."

대한도 남승수의 웃음에 피식 웃고는 술잔을 부딪쳤다.

술을 들이켠 남승수가 대한에게 말했다.

"김 중위님, 제가 왜 보충대 갔는지 알고 계십니까?"

"모른다고 하면 믿으실 겁니까?"

굳이 대한이 안다는 사실을 남승수가 알 필요는 없었다.

오히려 더 불편해질 수 있었으니까.

하지만 남승수는 대한이 알고 있다고 확신을 한 채 말했다.

"대대장님이랑 면담할 때 김 중위님이 저 괜찮다고 그랬다고 잘 지내보라고 신신당부합디다. 그게 참 이상했습니다. 대대장이 일개 중위를 그렇게 챙기는 건 처음 봤거든요."

"하하, 대대장님이 절 많이 좋아해 주시긴 하십니다."

남승수는 대한의 대답에 피식 웃으며 말을 이었다.

"제가 원래부터 장교들을 싫어하던 건 아니었습니다. 그랬으면 제가 이렇게 장기 돼서 중사까지 달았겠습니까. 근데 그때그 중위는 본인이 할 줄도 모르면서 저한테 다 시키고 책임도 저한테 다 떠넘기는데 참다참다 열받아서 살짝 밀쳤다가……하, 인생 참 꼬였습니다."

그랬군.

그랬던 거였어.

대한은 오늘 남승수의 집에 잘 왔다는 생각이 들었다.

'그래, 뭐 다 사연이 있겠지. 이 정도 능력 있는 양반이 괜히 그랬겠어.'

평범한 주말.

대한은 그와 친해질수록 마음이 참 든든해졌다.

✳

남승수의 집에서 주말을 보내고 난 다음 날.

대한은 출근하자마자 중대로 향했고 일과 준비를 순식간에 마쳤다.

그리고 인사과로 곧장 향했다.

인사과에는 남승수가 이미 출근을 한 상태였고 대한을 보자마자 바로 경례했다.

"충성."

"충성. 좋은 아침입니다."

"예, 좋은 아침입니다."

형식적인 인사였지만 이마저도 큰 발전이었다.

'친해지긴 친해졌나 봐. 경례 이외에는 아무 말도 하지 않던 양반인데.'

대한은 남승수에게 미소를 지어 보이고는 물었다.

"선배님은 아직 출근 안 하셨나 봅니다?"

"예, 아직 안 왔습니다."

그때, 호랑이도 제 말 하면 온다고 고종민이 헐레벌떡 인사과로 들어왔다.

"하하…… 일찍 왔구나?"

"충성, 오셨습니까?"

"어, 충성. 많이 기다렸나?"

"뭐, 조금 기다렸습니다."

고종민은 대한의 어깨를 툭 치며 말했다.

"미안미안, 단에 잠시 올라갔다 오느라 늦었어."

"단에는 왜 다녀오셨습니까?"

"차현수 중위님이 뭐 가지고 가라고 해서 갔다 왔어."

"그래서 뭐 받아 오셨습니까?"

"몰라, 가니까 없던데."

쯧쯧.

역시 차현수다.

두 사람은 자리에 앉은 후 본격적인 인수인계를 시작했다.

"이거 봐라, 네가 내 후임 된다고 확정 났을 때부터 내가 인수인계할 파일들 다 만들어 놨다."

"오, 그렇습니까?"

"엉, 여기 이거 보이지? 병력 관련된 건 이쪽에서 찾으면 되고 여기엔 여태 대대장님한테 결재받았던 파일들이 다 있다. 구분하기 편할 거야."

뿌듯한 표정으로 정리한 것들을 보여 주는데 확실히 정갈하게 잘 정리해 놓았다.

대한이 고개를 끄덕이며 생각했다.

'나 아니었어도 장기 붙었겠는데?'

군에서 참모 직책을 수행할 때 자료를 잘 모아 두는 건 기본 중의 기본이었다.

하지만 원래 기본이 가장 쉬우면서도 힘든 법.

이렇게 깔끔하게 정리하는 것도 능력이었고 대한은 고종민의 새로운 모습을 발견한 것 같아 뿌듯함이 몰려왔다.

"감사합니다. 이렇게나 준비해 주셨는데 따로 교육해 주실 필요는 없을 것 같습니다. 권한만 다 넘기고 가시면 될 것 같습니다."

"지금 넘겨줄까?"

"거절입니다. 아직 한 달도 넘게 남았는데 벌써부터 짬 처리는 사절입니다."

"큭큭, 예리하네."

두 사람이 신나게 웃고 있을 때 남승수가 궁금한지 의자를 젖혀 고종민의 모니터를 확인했다.

그러더니 고개를 끄덕이며 말했다.

"과장님, 원래 정리를 이렇게 잘하시는 분이셨습니까?"

"아, 어차피 파일 삭제할 것도 아닌데 정리라도 잘해 놔야죠."

"흠, 그렇긴 하죠."

대한이 남승수의 집에 가서 했던 이야기 중에는 고종민의 이야기도 있었다.

술이 좀 취하고 난 뒤 남승수는 생각보다 고종민이 마음에 든다고 했었다.

'일을 잘하는지는 모르겠지만 다른 사람 안 시키고 열심히 한다고 했었지.'

그런데 방금 모니터를 보고는 평가가 바뀌었을 것이다.

알고 보니 일도 잘하는 인사과장이었다고.

남승수는 모니터에서 눈을 돌려 대한을 바라봤다.

아마 저 눈빛은 대한도 이렇게 할 수 있겠냐는 물음일 터.

대한이 웃음으로 화답해 주자 남승수가 옅은 미소를 띠며 자기 자리로 돌아갔다.

그리고 얼마 뒤, 고종민은 대한과 시답지 않은 대화를 나누며 공문들을 확인했고 그러다 한 공문을 확인하고는 미간을 잔뜩 찌푸렸다.

"아…… 이건 또 뭐야?"

"왜 그러십니까?"

"귀찮아 보이는 게 왔어. 잠시만."

고종민이 집중해서 공문을 읽어 내려갔고 함께 확인하던 대한의 얼굴에 환희가 차올랐다.

'드디어 내려왔구나. 내가 인사과장 된 뒤에 내려올까 봐 얼마나 걱정했는데 아주 나이스 한 타이밍이야.'

고종민이 확인하고 있는 공문은 다름 아닌 '행복 나눔 125 감상문 공모전'.

무려 1만 명에게 휴가를 뿌리는 이벤트였으므로 처리해야 될 게 많았다.

그런데 대한이 인사과장이 되기 전에 이게 내려왔으니 얼마나 다행인지.

'근데 생각보다 빨리 내려왔네?'

심사 위원으로 오라고 한 지는 꽤 지났지만 그럼에도 스케일을 생각하면 절대 느린 게 아니었다.

아마 추지훈이 손을 썼을 테니 이제라도 공문이 내려온 것일

터.

공문을 살핀 고종민이 한숨을 내쉬었다.

"하, 대대 전 인원 감상문 종합하려면 인사과 터져 나가겠네."

"그래도 거기 희망자만 받으라고 적혀 있지 않습니까."

"야, 1만 명 대상으로 휴가 준다는 데 어떤 등신이 안 내겠냐? 에이씨, 조용히 너 교육이나 하다가 올라가려고 했는데 꿀빨긴 글렀네."

공모전의 취지 자체는 병사들이 자발적인 참여였으나 무려 1만 명에게 휴가를 뿌리다 보니 사실상 대대 전 인원이 참가할 것으로 예상됐다.

그래서 고종민이 울상인 것.

그 사실을 아는 대한이 웃으며 말했다.

"하하, 공문 프린트해 주십쇼. 제가 중대 게시판에 붙여 놓겠습니다."

고종민은 한숨과 함께 고개를 끄덕이고는 공문을 프린트했다.

그리고 대한에게 건네며 말했다.

"나 대대장님한테 보고드리고 올게."

"같이 나가시죠."

"더 궁금한 거 없어?"

"저 정도로 준비해 주셨는데 궁금한 게 있으면 되겠습니까."

"그래, 어차피 내가 단에 있으니까 하는 소리지?"

"혹시 모르는 게 생기더라도 대대로 호출은 안 하겠습니다."

고종민이 웃으며 대한의 어깨를 툭 쳤다.

"네가 모르는 게 있으면 나도 모를 거 같은데? 무튼 올라가 봐라. 1중대는 공모전 이야기 따로 안 한다?"

"예, 제가 해 놓겠습니다."

"그래, 고생하고."

"예, 고생하십쇼."

대한은 남승수에게 인사를 한 후 곧장 1중대로 올라갔다.

병력들은 일과 시작에 앞서 중대 행정반 앞으로 모여 있었고 대한이 병력들에게 공문의 내용을 설명하기 시작했다.

그리고 아나나 다를까, 대한의 예상대로 모두가 환호를 내질렀다.

'그래, 1만 명한테 뿌리는데 당연히 환호해야지.'

대부분의 병사들은 이런 공모전들을 무시한다.

들인 노력에 비해 돌아오는 게 없으니까.

하지만 이번 이벤트는 달랐다.

대충해도 휴가 받을 확률이 높으니 의지를 불태우는 것.

그때, 구석에 있던 옥지성이 손을 번쩍 들었다.

"소대장님, 근데 평가 결과는 언제 나오는 겁니까?"

"네가 그걸 왜 궁금해해? 전역도 며칠 안 남은 놈이. 어차피 너 전역할 때까진 평가 안 해."

"저 진짜 상 탈 것 같은데 미리 휴가 좀 어떻게 안 되겠습니까?"

그 말에 다른 병사들이 크큭 웃는다.

그도 그럴 게 옥지성은 현재 대학교 다닌다고 휴가를 모조리 쓴 상태였으니까.

그래서 말출도 못 나가고 여기 있는 거지만 그래도 후회는 없었다.

원래라면 팔자에도 없을 대학교를 다니게 됐으니.

그래서 대한도 어지간하면 휴가를 챙겨 주고 싶었으나…….

'이젠 나도 곤란하다. 너한테 밀어준 휴가가 몇 갠데.'

대한이 애처로운 눈빛의 옥지성을 무시하며 말했다.

"공문 게시판에 붙여 놓을 테니까 다들 확인해보고 준비 잘해. 심사 기준이 진실성이라니까 최선을 다해서 준비해 봐."

"예, 알겠습니다!"

잠시 후, 이영훈이 중대장실에서 나와 일과 때 할 일들을 나누기 시작했고 대한은 소대원들과 함께 작업을 하러 올라갔다.

그때, 옥지성이 대한에게 슬쩍 다가와서 은근한 어조로 말했다.

"소대장님, 저 진짜 공모전 입상할 수 있습니다."

"당연히 그렇겠지."

"그래서 말인데 미리 휴가 좀 어떻게……."

"야, 너 며칠 뒤에 전역인데 현실적으로 되겠냐? 그리고 내가 너한테 밀어준 휴가가 몇 갠데 양심에 찔리지도 않냐."

"휴가 앞에 그런 거 없습니다. 정말 친한 동생이 이렇게 부탁하는데 너무하신 거 아닙니까?"

"너야말로 너무한 거 아니냐, 너 14박 15일만 3번 나갔는데 60일 넘게 나갔으면 얌전히 있자. 네가 동기들 중에선 젤 많이 나갔어."

"힝."

"힝은 무슨, 사내자식이 죽을라고."

이윽고 옥지성이 풀 죽은 모습으로 작업을 시작한다.

오버하는 모습인 줄은 알지만 그래도 저렇게 보니 조금 짠하긴 했다.

생각해 보면 놀러 나간 것도 아니고 대학교 출석 채우려고 휴가 나간 건데 말이다.

'확실히 동기들 휴가 나갈 때 혼자 갇혀 있긴 했지.'

오랜만에 바람이나 좀 쐬어 줄까?

며칠 뒤면 전역인데 그렇게 해 주기로 했다.

대한이 말했다.

"지성아."

"예, 소댐."

"너 오전 안에 작업 다 하면 나 이따 오후에 외출할 때 너 짐꾼으로 데리고 나가준다."

"엇, 정말이십니까?"

"내가 언제 한 입으로 두말하는 거 봤냐?"

"당연히 못 봤습니다."

그렇게 좋을까?

옥지성은 정말 마법처럼 오전이 끝나기도 전에 작업을 완료했고 대한은 약속대로 옥지성을 데리고 오후에 외출을 나갔다.

✺

대한은 하양에 있는 서점에 도착해서 주차한 뒤 옥지성에게 말했다.

"내가 네 덕분에 중대 업무 다 보게 생겼다."

"보급관님한테 점수도 따고 좋지 않습니까."

"조만간 인사과 내려갈 텐데 보급관님 점수 따서 뭐 하냐?"

"에이, 보급관님이랑 친해지면 좋잖습니까."

"네가 신경 안 써 줘도 이미 많이 친해."

대한은 툴툴대며 차에서 내렸고 옥지성과 함께 서점으로 향했다.

서점에 입장한 대한은 박태록이 말한 물품들을 구매하기 시작했고 대한의 뒤를 졸졸 따라다니던 옥지성이 대한의 눈치를 보던 끝에 은근한 어조로 말했다.

"소대장님, 저 화장실 좀 다녀와도 되겠습니까?"

"큰 거냐?"

"예, 큰 겁니다."

"느긋하게 다녀와. 다 싸면 차로 오고."

"예, 알겠슴다."

딱 봐도 거짓말인 게 티가 났지만 대한은 그러려니 하고 보내 주었다.

애초에 필요도 없던 짐꾼이었고 그래서 일부러 자유 시간도 부여해 줄 겸 보내 준 것.

한참 뒤, 대한은 중대 물품을 다 구매하고 주차장으로 이동했다.

그때, 타이밍 좋게 옥지성이 저 멀리서 뛰어오는 게 보였다.

생각보다 빨리 왔네?

대한이 말했다.

"타이밍 좋다?"

"하핫, 제가 또 옥 타이머 아니겠습니까. 그보다 소대장님, 이거 받으십쇼."

"이게 뭔데?"

옥지성의 손에는 웬 상자가 들려 있었다.

"화장실 간다더니? 설마 똥 휴지냐?"

"에이, 왜 그러십까. 사실 몰래 다녀온다고 거짓말 좀 했습니다. 얼른 열어 보십쇼."

그럼 그렇지.

근데 이게 뭐길래 거짓말까지 해 가며 다녀온 걸까?

상자를 열자 안에는 시계가 들어 있었다.

옥지성이 코밑을 쓱 닦으며 쑥스럽다는 듯이 말했다.

"이거 소대장님 선물입니다. 정확히는 제 전역 기념 선물. 워낙 돈이 많으신 분이라 뭘 사 드려야 하나 고민했는데 요번에 시계 잃어버리지 않으셨습니까. 그래서 구매하시기 전에 제가 먼저 사 왔습니다."

"야, 너……."

전역 선물이라는 말에 대한의 눈이 커졌다.

이건 전혀 생각지도 못했기 때문이다.

대한이 헛웃음을 터뜨리며 말했다.

"이런 건 원래 전역하는 사람이 받는 거 아니냐?"

"원래 감사의 선물은 고마워하는 사람이 주는 거 아니겠습니까. 며칠 뒤에 전역할 때도 말씀드리겠지만 군 생활 내내 정말 감사했습니다. 소대장님 덕분에 잘 전역할 수 있었고 앞으로도 사람답게 살 수 있을 것 같습니다."

갑작스러운 감사에 대한은 당황했다.

어떻게 반응해야 할지 전혀 감도 오지 않았다.

그도 그럴 것이 군 생활을 하면서 이런 상황은 처음이었으니까.

'소대원한테 선물이라니. 줘도 내가 줬어야 하는 건데.'

대한은 뭔가 챙겨 주지 못한 것 같음에 미안함이 들었다.

그리고 그것이 표정으로 드러났는지 옥지성이 웃으며 말했다.

"소대장님은 저한테 선물 같은 거 안 해 주셔도 됩니다. 이미 저한테 많은 걸 해 주셨지 않습니까."

그 말에 대한이 피식 웃으며 말했다.

"꼭 전역하고 안 볼 사람처럼 말한다?"

"에이, 그럴 리가 있겠습니까. 안 그래요, 대한이 형?"

"자식이……."

형이란 말에 대한은 자기도 모르게 웃고 말았다.

그래.

이제 며칠도 안 남았는데 형동생 할 때도 됐지.

그리고 새삼 옥지성의 센스가 느껴졌다.

그도 그럴 게 원래 차던 시계를 천용득의 집에 놓고 와서 안 그래도 새로 살까 싶었는데 그새 그걸 캐치 할 줄은 몰랐기 때문이다.

대한이 웃으며 말했다.

"고맙다. 지성아, 잘 쓸게."

"전역할 때까지 벗지 마십쇼."

"20년도 넘게 쓰라는 거야?"

"아, 그렇게 오래 계실 겁니까? 소대장님도 참 징하십니다."

"그러게나 말이다."

대한은 최대한 천천히 부대로 복귀하며 옥지성과의 군 생활을 즐겼다.

　　　　　　　　　　　　✳

　며칠 뒤 저녁.

　대한은 간부 연구실에서 휴가 복귀하는 소대원을 기다리고 있었다.

　잠시 후, 간부 연구실의 문이 열렸고 기태준이 미소를 지으며 들어와 경례했다.

　"충! 성! 일병 기태준 휴가 복귀했습니다!"

　"잘 갔다 왔어?"

　"예, 즐거운 휴가 보내고 왔습니다."

　기태준이 대한에게 손에 든 쇼핑백을 건넸다.

　"제가 준비한 겁니다."

　대한은 쇼핑백을 확인했다.

　쇼핑백 안에는 옥지성의 전역모가 들어 있었다.

　"군대 참 좋아졌어. 지성이 같은 애들한테도 전역모를 다 해 주고."

　"하하, 옥지성 병장님 정도면 당연히 해 줘야 하는 거 아니겠습니까?"

　"하여튼 후임 잘 만난 놈이야. 바로 뒤따라갈 테니까 소대

애들 좀 모아 놔 줘."

"예, 알겠습니다."

기태준이 먼저 간부 연구실을 나가 옥지성과 소대원들을 불러 모았고 대한이 타이밍을 맞춰 간부 연구실에서 나왔다.

소대원들이 모인 생활관은 복도에서부터 시끄러운 것이 느껴질 정도였다.

기태준은 입구에서 대한이 오는 걸 확인하고는 생활관의 불을 껐다.

그러자 옥지성의 목소리가 들려왔다.

"야, 불 누가 껐어? 껐으면 켜야 할 거 아니야. 나 내일 전역이라고 무시하냐? 어?"

기태준은 옥지성의 말을 가볍게 무시하고는 대한이 오는 타이밍에 맞춰 박수치며 노래를 불렀다.

"전역 축하합니다! 전역 축하합니다!"

대한이 급하게 준비한 케이크를 들고 생활관으로 들어가자 소대원들이 놀란 눈으로 대한을 바라봤다.

이내 기태준의 축하 노래를 따라 하기 시작했고.

노래가 끝남과 동시에 기태준이 폭죽을 터트렸다.

"옥 병장님! 전역 축하드립니다!"

소대원들이 옥지성을 향해 소리를 질러 댔다.

옥지성은 어리둥절한 표정으로 대한을 바라봤고.

대한이 웃으며 말했다.

"뭐 해, 촛불 안 꺼?"

"아, 예."

옥지성이 촛불을 끄자 기태준이 생활관의 불을 켰다.

옥지성은 대한이 들고 온 케이크를 보며 놀란 표정을 숨기지 못했다.

"이걸 언제 다 준비하셨습니까?"

"형이 이런 거 하나 준비 안 했을까 봐? 미리미리 다 준비하고 있었지."

옥지성은 대한이 준비한 케이크를 보며 놀랄 수밖에 없었다.

그도 그럴 게 케이크에는 옥지성의 입대 날짜와 전역 날짜가 정확히 들어가 있는 주문 제작 케이크였으니까.

'상급자가 돼서 하급자 선물 받고 가만히 있을 순 없잖아.'

사실 말한 대로 미리 준비한 건 아니었다.

옥지성의 선물을 받고 뒤늦게 급히 준비한 거지.

보통 주문 제작 케이크는 며칠 전에 미리 준비하는 게 보통이었다.

특히 이런 촌구석이라면 더욱이.

하지만 어떻게든 날짜를 당기는 방법이 있었다.

'상대방의 배려가 부족한 것 같으면 내가 내민 돈이 부족한 게 아닌가 생각해 보랬지.'

케이크의 몇 배나 되는 가격을 불렀고 대한은 보란 듯이 날짜를 맞출 수 있었다.

그렇게 대한은 미리 준비한 척 당당하게 가슴을 폈고 옥지성은 감동한 듯 케이크를 쳐다보고만 있었다.

그러자 소대원들이 옥지성을 향해 한마디씩 하기 시작했다.

"이야, 옥 병장님. 남자가 눈물 흘리실 겁니까?"

"후임 잘 못 키웠다고 그렇게 하루 종일 구시렁대시더니 아직도 그렇게 생각하십니까?"

"전역모 쓰고 케이크 들고 사진 한 방 찍으시죠."

"지성이 형, 뭐 해! 울어?"

대한은 본인의 휴대폰을 소대원들에게 넘겼고 소대원들이 옥지성의 사진을 찍어 주었다.

잠시 후, 생활관이 진정되자 다들 오순도순 케이크를 나눠 먹기 시작했고 그쯤 대한이 옥지성에게 말했다.

"넌 전역모 못 받을 것 같았는데 후임들이 착해서 받은 것 같다."

"하…… 소대장님, 진짜 저만큼 군 생활 열심히 한 놈도 없을 겁니다."

"또 입 터네. 저거, 네가 하면 뭘 얼마나 열심히 했다고 그러냐."

"어어? 병장 달고도 작업 열외 하나도 안 했고 아침 점호도 한 번도 안 빼먹었습니다. 이 정도면 인정해 줘야 하는 거 아닙니까?"

"흠, 아침 점호 안 빠진 건 인정."

"작업 열외는 왜 인정 안 하십니까?"

"그건 나랑 가는 거였잖아. 나랑 가는 것 자체가 열외인데 무슨 열외를 안 했다고 그래?"

대한의 말에 소대원들의 웃음이 터졌다.

대한과 함께 하는 작업은 빡세긴 해도 그만큼 쉬는 시간이 많았다.

그래서 어느 순간부터 다들 대한과 작업을 나가는 걸 기다릴 정도가 됐다.

옥지성이 한숨을 내쉬며 말했다.

"후, 그건 저도 인정합니다."

"크큭, 그래. 나도 너 작업 잘하는 건 인정이다. 내 군 생활 동안 너보다 작업 잘하는 놈은 없을 것 같아."

"오, 칭찬이십니까?"

"당연히 칭찬이지."

전생을 포함해서도 옥지성이 일등이었다.

대학 합격을 못 했다면 옥지성도 전문하사로 꽂고 싶을 정도였으니까.

이윽고 파티를 마친 대한은 조용히 생활관에서 나왔다.

그때, 기태준이 따라 나와 대한에게 조용히 말했다.

"소대장님?"

"어, 태준아. 무슨 일이야?"

"소대장님한테 드릴 말씀이 있습니다."

"어, 말해."

"저 소대장님이 인사과장 가시기 전에 현역부사관에 한번 지원해 볼 생각입니다."

아.

벌써 시간이 그렇게 됐나?

이건 이미 경험해 본 일이었다.

전생의 기태준은 부사관으로 일찍이 빠졌으니까.

다른 점이 있다면 이번엔 그 시기가 좀 늦어졌다는 것 정도.

그렇기에 대한이 미소를 지으며 말했다.

"군 생활 제대로 해 보려고?"

"예, 다시 제대로 해 보려고 합니다."

다시 한다니?

저게 무슨 소리야?

대한은 그저 말실수겠거니 하고 기태준의 어깨를 두드려 주었다.

"그래, 너라면 부사관이든 장교든 뭐든 잘할 수 있을 거다. 현역부사관은 합격하면 다른 부대로 가야하는 건 알고 있지?"

"예, 알고 있습니다."

"그래, 서류는 내일 바로 준비해 줄게. 부사관 됐다고 나 모른 척 하고 그러면 안 된다."

"하하, 예. 항상 먼저 연락드리겠습니다."

"그래, 푹 쉬어라."

"고생하셨습니다, 충성!"

기태준이 소대에 없는 건 좀 아쉽긴 했지만 이제 대한도 소대를 떠나는 마당에 사실 별로 상관이 없긴 했다.

그래서 이왕 마지막 가는 길, 최대한 꼼꼼하게 준비해 주기로 했다.

그리고 다음 날 아침.

서류를 준비하던 대한은 박태록의 연락받고 행정반으로 향했다.

대충 느낌은 왔다.

기태준 때문이겠지.

행정반으로 들어가자 대한을 본 보급관이 먼저 경례했다.

"충성. 좋은 아침입니다."

"예, 충성. 보급관님도 좋은 아침입니다."

"소대장님, 혹시 잠깐 시간 괜찮으십니까?"

"예, 괜찮습니다."

"그럼 담배 한 대 피우러 가시죠."

"예, 알겠습니다."

박태록은 대한과 함께 흡연장으로 향하며 말을 꺼냈다.

"태준이 현역부사관 지원한다는 거 들으셨습니까?"

"예, 안 그래도 어젯밤에 들었습니다."

"하, 소대장님이 말씀 안 해 주셔서 서운해하고 있었는데 어제 말한 거면 어쩔 수 없네요."

소대장이 소대원들을 관리하긴 했지만 실질적으로 중대의 병사 관리는 행정보급관이 맡아서 한다.

그렇기에 병사들이 어디 지원을 할 때도 보통은 행정보급관한테 먼저 이야기하는 것이 대부분.

그래서 이런 이야기를 하는 듯했다.

그렇기에 대한도 미리 준비해 둔 서류를 꺼내 내밀었다.

"하하, 그러실 줄 알고 제가 미리 태준이 서류 꾸려서 왔습니다."

"예? 벌써 말입니까?"

대한이 건넨 파일을 확인한 박태록의 눈이 휘둥그레졌다.

정말이었다.

안에는 기태준의 지원 서류가 전부 준비되어 있었다.

박태록이 헛웃음을 터뜨리며 말했다.

"역시 소대장님이십니다. 이런 건 또 언제 배워서 준비하신 건지…… 정말 군 생활 2회 차이신 거 아닙니까?"

"하하, 중위 달았는데 그 정도 센스는 기본이죠. 보니까 접수 기간도 얼마 안 남았길래 제가 잽싸게 해 버렸습니다."

"역시 철저하십니다. 안 그래도 기간 확인하고 머리가 아파서 연락드렸던 건데."

그래서일까?

박태록은 그제야 가벼운 마음으로 흡연을 시작했다.

"그나저나 참 아쉽습니다. 지성이에 태준이까지 다들 에이스라 불렸던 놈들이라 두 녀석이 빠지면 중대에 타격이 꽤 있을 것 같습니다."

"누구나 다 아는 사실을 굳이 지금 이야기하시는 거 보니 신병 많이 달라는 거 맞으시죠?"

"크큭, 역시 소대장님은 군 생활을 참 잘하십니다."

"주위 간부들이 좋지 않습니까. 이 정도는 해야죠. 그러니까 신병 너무 많이 보낸다고 불만 토로하시면 안 됩니다."

박태록이 이런 말을 하는 건 대한이 인사과장으로 가기 때문이었다.

그래서 미리미리 밑밥을 깔아 두는 것.

물론 이런 말을 안 해도 1중대 먼저 병력을 채워 줄 생각이긴 했다.

팔은 안으로 굽는 법이니까.

대한의 말에 박태록이 껄껄 웃으며 답했다.

"무슨 그런 행복한 일에 무슨 불만을 제기합니까. 그런 일 없습니다. 애들 충원 많이 되면 저도 소대장님 많이 도와드리겠습니다."

박태록이 인사과 업무를 도와준다라.

이건 호재였다.

대한이 알기론 박태록이 중, 하사 시절 참모로 많이 굴러 다녔다고 알고 있었으니까.

말뿐이 아니라 진짜로 도움이 될 인물이었다.

대한은 박태록에게 새끼손가락을 내밀었다.

"그 말 꼭 지키십쇼."

"애도 아니고…… 제가 언제 약속 안 지키는 거 보셨습니까?"

박태록이 웃으며 손가락을 걸었다.

'한 입으로 두말하기만 해라. 아주 행정 지옥으로 빠뜨려 버려야지.'

대한은 편해질 인사과 업무를 생각하며 음흉한 미소를 지었다.

며칠 뒤, 옥지성의 전역 날.

중대 병력들은 위병소에서 옥지성이 오기를 기다리는 중이었다.

잠시 후, 이영훈과 함께 옥지성이 내려오는 걸 보고는 병력들이 도열을 하기 시작했다.

옥지성의 등장과 함께 박수를 치기 시작했고 옥지성은 전 중대원과 일일이 인사를 나눴다.

그리고 마침내 그가 대한의 앞으로 왔을 때였다.

"고생하셨습니다. 소대장님."

"너도 고생했다."

"그동안 정말 감사했습니다."

대한은 옥지성을 따뜻하게 안아 준 뒤 등을 몇 번 토닥여 주었다.

그리고 씩 웃으며 말했다.

"울 줄 알았더니 안 우네?"

"하하, 신나기만 한데 어떻게 웁니까?"

"학교로 바로 간다고 그랬지?"

"예, 수업 들으러 가야죠."

"그래도 좋지?"

"예, 당연히 좋습니다. 원래라면 공사판 갔어야 하는데……
정말 다시 한번 더 감사드립니다."

그 말에 대한은 피식 웃으며 주머니에서 봉투 하나를 꺼내
옥지성의 전투복에 넣어 주었다.

"이게 뭡니까?"

"형이 동생한테 주는 선물."

"케이크 주셨지 않습니까."

"그건 소대장이 주는 거였고 이건 다른 거야."

"그나저나 뭔데 이렇게 두껍습니까? 편지라도 쓰셨습니까?"

대한이 건넨 봉투는 반으로 안 접힐 만큼 두꺼웠다.

옥지성이 내용물을 확인하려 하자 대한이 재빠르게 말렸다.

"여기서 말고 나가서 확인해."

"아이, 궁금하게 왜 그러십니까."

"내 말 듣는 게 좋을 거다. 나가서 확인해."

"알겠습니다."

옥지성은 고개를 끄덕인 후 이영훈과도 인사를 나누었다.

그리고 위병소 앞에 서더니 목청을 다듬은 뒤 외쳤다.

"모두 고맙다! 형 먼저 간다, 자식들아!"

그 외침에 병사들도 외치기 시작했다.

"씨발! 잘 가, 지성이 형!"

"보고 싶을 거야!"

"나가면 연락해!"

그 모습에 대한과 이영훈이 피식 웃는다.

그래.

저게 바로 원래 이 아이들이 보여야 할 청춘의 본 모습이지.

옥지성은 마지막으로 모두에게 경례한 후 중대원들의 배웅을 받으며 위병소를 빠져나갔다.

이영훈은 멀어지는 옥지성을 보며 아쉬움에 중얼였다.

"저런 놈을 전문하사 시켰어야 했는데."

"저도 안타깝게 생각합니다."

"그런 놈이 대학까지 보내서 전역하게 만드냐?"

"합격 못 하면 전문하사로 만들려고 했습니다."

"에휴, 이제 작업은 어떻게 하나 몰라. 그나저나 넌 아까 뭘 준거냐? 엄청 두껍던데?"

"그냥 용돈 좀 챙겨 줬습니다. 이제 학생이지 않습니까."

"응? 용돈이라고?"

"예, 얼마 안 됩니다. 교통비에 보태라고 줬습니다."

"아니, 두께가 장난 아니던데…… 혹시 나도 전역하면 용돈 주나?"

"순서로 보면 중대장님이 저 용돈 주고 전역하는 게 맞지 않습니까?"

"돈 많은 사람이 형인 거 몰라? 준비되면 말해. 바로 전역 신청서 내고 올 테니까."

"하핫, 나중에 중대장님 정년 채우시면 그때 큰 선물 하나 하겠습니다."

"내가 그 말 꼭 기억한다."

"근데 가는 게 있으면 오는 게 있어야 한다는 걸 기억하셔야 합니다?"

"잘 모르겠는데?"

옥지성을 보낸 뒤, 두 사람은 티격태격하며 병사들과 함께 막사로 복귀했다.

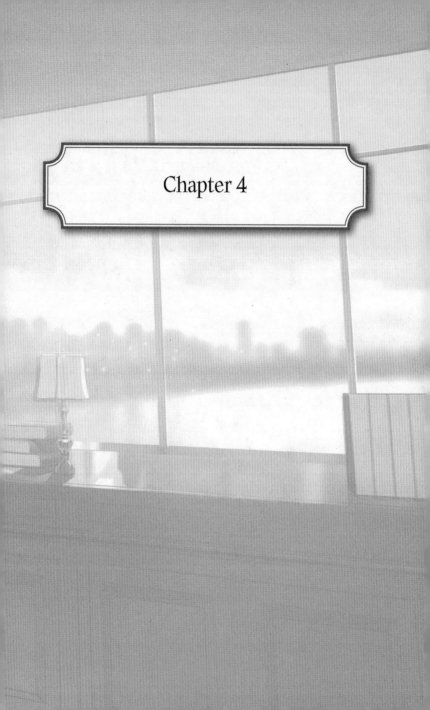

Chapter 4

막사로 복귀한 두 사람은 막사로 들어가기 전 자연스럽게 흡연장부터 들렀다.

이영훈이 흡연을 하며 대한에게 말했다.

"참, 대대장님이 보직 교체해야 하는 인원들 빨리 인수인계 받으라고 하시더라. 오늘 별일 없으니까 내려가서 인수인계나 받아."

"이미 거의 다 받아 놔서 괜찮을 것 같습니다. 가면 놀기만 할 텐데 그럴 거면 그냥 중대에서 놀겠습니다."

그 말에 이영훈이 기특함에 웃으며 말했다.

"빠른데? 근데 너 인사과장 인수인계 말고 하나 더 있지 않냐?"

"……아?"

"크큭, 그래서 대대장님이 너 시간 빼 주시는 거야. 넌 인수인계 받을 게 하나가 아니잖아."

"후…… 저도 잠시 깜빡했습니다. 그럼 준비해서 다녀오겠습니다."

"그래그래. 근데 지금 본부 중대장 휴가라서 보급관한테 인수인계 받아야 할 텐데 차라리 그게 낫지?"

"예, 병력관리야 차차 하면 되는 거니 일단 가서 다른 일부터 배우고 오겠습니다."

겸직이라는 걸 잠시 까먹고 있었다.

대한이 속으로 한숨을 내쉰 뒤 수첩을 챙겨 본부 중대로 내려갔다.

1층 가장 구석에 있는 본부 중대 행정반에 들어가자 본부 중대 행정보급관인 '진홍길 상사'가 대한을 보고 경례했다.

"충성."

"예, 충성."

"기다리고 있었습니다. 후임 중대장님."

"하하, 같이 업무하게 되어 영광입니다. 보급관님."

진홍길 상사.

대한이 아는 그는 몹시 평온한 사람이었지만 남승수와 비슷한 면이 있어 군인답지 않은 사람에겐 계급 가리지 않고 들이박는 코뿔소 같은 사람이었다.

오죽하면 별명이 핏빛길이겠나.

그래도 전생의 기억에 따르면 간부와의 트러블은 잘 없는 편.

대신 불같은 성격 때문에 병사들을 미친 듯이 잡는 사람 중에 하나였다.

'특히 체력 쪽으로 엄청 집착하는 사람이었지.'

그런 의미에서 대한은 시작부터 인정받고 들어가는 분위기였다.

가슴에 달린 최정예 전투원 휘장 덕분이었다.

대한은 진홍길과 악수를 나눈 뒤 진홍길이 타 주는 커피를 건네받았다.

진홍길이 커피를 홀짝이고는 대한에게 말했다.

"사실 김 중위님께서 하실 건 별로 없습니다. 그냥 병력관리 정도만 해 주시면 됩니다."

"하하, 다행입니다. 그건 제가 제일 자신 있는 분야거든요."

"안 그래도 병력들 꼼꼼하게 관리하신다는 말 듣고 벌써부터 제가 마음이 다 편합니다. 인사과장도 겸직으로 하면 더 잘하실 거 아닙니까."

대한이 겸직하는 걸 진홍길이 아니꼽게 생각할까 걱정했으나 다행히도 그건 아니었다.

좋은 시너지를 일으킬 수 있다고 생각했는지 오히려 더 긍정적인 입장이었다.

'같이 일할 사람이 이렇게 이해해 준다면야 앞으로도 수월하게 일 할 수 있겠네.'

대한이 고개를 끄덕이며 물었다.

"혹시 특별히 따로 관리해야 할 중대원이 있습니까?"

"흠, 하나 있긴 한데…… 걱정 안 하셔도 됩니다. 본부 중대 행정계원이라 제가 매일 데리고 다니고 있습니다."

크.

이렇게 든든할 수가.

대한은 미소가 절로 나왔다.

'안 그래도 관심 병사들 다 인사과로 모으려고 했는데 잘됐네.'

박태록도 대단한 행정보급관이었지만 진홍길도 그 못지않게 대단한 사람이었다.

사실 말이 군 생활이지 군 생활이 길어지면 보통의 직장처럼 느껴지는 게 대부분이고 그럴수록 편한 일만 찾기 마련.

그러나 진홍길은 그러지 않고 알아서 궂은일을 찾아서 하는 사람이었으니 대한은 절로 존경심이 생겼다.

대한이 감탄하며 말했다.

"멋지십니다, 보급관님이랑 평생 군 생활하고 싶을 정도입니다."

"하하, 젊은 분이 새로운 사람도 많이 만나 보셔야죠. 저보다 더 뛰어난 사람들이 얼마나 많은데 높은 곳 올라가시려면 그런

분들이랑 같이해야지 않겠습니까?"

그렇게 서로에게 덕담을 하며 훈훈한 분위기를 자아내고 있을 때, 행정반에 한 병사가 들어왔다.

"······충성."

좀 심하게 왜소해 보이는 병사는 기어 들어가는 목소리로 경례를 했고 진홍길의 눈빛이 순식간에 변했다.

"어이, 김홍식이. 경례 똑바로 안 해? 다시 해."

"추, 충성."

"다시!"

"충! 성!"

최대한 악을 지른 것 같았지만 성량이 좋지 않은 편인지 그냥 평범하게 느껴졌다.

그래서일까?

진홍길은 여전히 만족스럽지 못한 눈빛으로 병사를 보며 말했다.

"행정반 들어올 때 경례만 하면 끝이야?"

"······예?"

"용무 밝히라고 몇 번 말해야 알아들을래?"

"아······ 추, 출근했습니다!"

"후······ 홍식아."

"······일병 김홍식."

"새로 오실 중대장님 앞에서까지 행보관이 화를 내야겠냐?

벌써 일병도 단 놈이 슬슬 군인 티가 나야 하지 않겠어? 어?"

"……죄송합니다."

아까 말한 관리해야 할 병사가 이 친구인가 보다.

김홍식은 출근하자마자 야단을 들어서인지 더더욱 기가 죽은 모습으로 컴퓨터 앞에 조용히 앉았다.

대한이 진홍길의 눈치를 살피고는 물었다.

"보급관님, 흡연하시지 않습니까?"

"예, 김 중위님도 흡연하십니까? 안 하시는 걸로 알고 있는데?"

"전 안 하는데 흡연하러 가시겠습니까?"

그 말에 눈치 빠른 진홍길이 얼른 대한과 함께 움직였다.

이윽고 본부 중대에서 제일 가까운 수송부 흡연장에 도착하자 진홍길이 자연스럽게 의자에 앉아 담배를 꺼내며 말했다.

"이거…… 그래도 처음 뵙는 날인데 부끄러운 모습을 보여 드렸습니다."

"아유, 아닙니다. 홍식이가 보급관님이 관리하고 있는 그 병사입니까?"

"예, 맞습니다. 저놈 저렇게 소심해 가지고 생활관에서도 왕따 비슷하게 당하는 중입니다."

"왕따? 부대에 왕따가 있습니까?"

진홍길이 담배 연기를 내뿜으며 말했다.

"막 괴롭히는 왕따가 아니고 그냥 없는 사람 취급하는 거 있지 않습니까. 그 뭐였더라? 요즘 애들 말로 은따? 애들한테 그렇게 하지 말라고 해도 홍식이 저놈이 저렇게 다니는데 뭐 어떻게 하겠습니까. 요즘 저놈 때문에 아침 출근이 두렵습니다. 밤에 사고라도 치면 어쩌나 하면서 가슴 졸이며 출근하고 있습니다."

대한이 알고 있는 본부 중대원들은 대부분 착한 아이들이었다. 후임을 챙겨 주면 챙겨 줬지 괴롭히지는 않는.

그러니 진홍길의 말을 들어 봤을 때 김홍식은 자연스럽게 중대에서 열외를 당한 것 같았다.

스스로 고립시키는 타입이랄까.

'저렇게 군 생활 하면 본인도 힘들 텐데.'

대한이 진홍길에게 물었다.

"저 친구 힘들다고 하지는 않습니까?"

"그게 참 웃깁니다. 매일 힘드냐고 물어보는데 매번 괜찮다고 합니다."

"그건 또 의외네요."

"제 말이 그겁니다. 힘들다고 하면 어찌저찌 조치라도 취해 볼 텐데 본인이 괜찮다고 하니 뭐 어쩌겠습니까. 저번에 부대라도 옮겨 줄까 물었더니 본인은 저희 부대가 좋답니다."

"흠⋯⋯."

확실히 특이한 캐릭터다.

근데 또 들어 보면 일부러 진홍길을 골탕 먹이려고 그러는 건 또 아닌 것 같고.

잠시 고민하던 대한이 말했다.

"혹시 오늘 홍식이랑 작업 있으십니까?"

"오늘은 없습니다."

"그럼 제가 면담 한번 해 봐도 되겠습니까? 보급관님 혼자 고생시킬 순 없죠."

"아휴, 제 올해 군 생활 목표가 저놈 사람 만들어 보는 건데 김 중위님이 고쳐 주시면 제가 중대장 업무까지 싹 다 하겠습니다."

반쯤은 농담으로 한 말이었지만 절반은 진심이었다.

그만큼 김홍식은 진홍길에게 있어 최대 난제인 병사.

그렇기에 대한은 이 기회를 놓치고 싶지 않았다.

"정말이십니까? 저 그럼 홍식이 고치고 본부 중대는 출근 도장만 찍습니다?"

"예, 예. 저놈 사람 만들면 제 업무가 그만큼 줄어드는데 그 정도도 못 해 드리겠습니까?"

그 말에 대한이 눈빛을 빛냈다.

'전생 포함해서 군 생활만 10년, 거쳐 간 병사만 몇 명인데 저 정도는 바꿀 수 있다.'

기억에 없던 녀석이긴 하지만 그래도 자신은 있었다.

김홍식 하나만 해치우면 겸직 리스크를 대폭 줄일 수 있었으니까.

로또부터
장군까지

대한은 막사로 복귀하자마자 본부 중대장실로 향했다.

그리고 컴퓨터를 켜서 김홍식의 면담 기록과 인적 사항을 확인했다.

면담기록에는 별 내용이 없었다.

진홍길이 말했던 내용이 전부였고 특이한 건 인적 사항이었다.

'뭐 이렇게 대충 적어놓은 것 같지?'

관리하는 병사라면 이것저것 물어보고 일부러 찾아서라도 넣어 놨을 텐데 그런 흔적들이 전혀 안 보였다.

대학도 그냥 4년제라 적혀 있는 게 전부고 심지어 부모님 직업도 자영업이라 적힌 게 전부.

'귀찮았나?'

병사가 말 안 하면 모르는 정보들이기에 대한은 자기도 모르게 한숨을 내쉬었다.

"좀 빡세겠는데……."

그래도 희망이 있다면 진홍길이 김홍식을 관심 병사로 올리진 않았다는 것.

진홍길의 자신감인지 뭔지는 모르겠지만 본부 중대에는 관심 병사가 하나도 없었다.

그 말인즉, 저렇게 적응을 못하는 병사라 하더라도 본인이 다 책임지고 데리고 간다는 뜻이겠지.

그래서 대한은 더더욱 진홍길이 마음에 들었다.

어쨌든 책임감 하나는 확실한 사람이었으니까.

생각을 마친 대한이 김홍식을 호출하기 위해 다시 행정반으로 향했다.

"홍식아."

"일병 김홍식?"

"잠깐만 시간 좀 내줄래?"

"어……."

김홍식은 진홍길의 눈치를 살폈다.

진홍길도 분명히 대한의 목소리를 들었다.

그러나 일부러 대답하지 않았다.

김홍식이 본인에게 직접 말하게 하기 위함이었다.

대한도 그 뜻을 알기에 일부러 인내심을 갖고 기다려 주었다.

그러자 마침내 김홍식이 겨우 입을 벙긋거렸다.

"보, 보급관님. 주, 중대장님 면담 좀 하고 와도 되겠습니까."

"어, 갔다 와."

"아, 예."

대한은 김홍식과 중대장실로 향했다.

김홍식은 긴장된 얼굴로 대한의 앞에 앉았고 대한이 김홍식에게 말했다.

"반가워. 난 조만간 본부 중대장으로 올 김대한 중위야. 이렇게 이야기하는 건 처음이네."

"예."

"오늘 부른 건 홍식이한테 궁금한 게 있어서 불렀어. 긴장할 필요는 없고 그냥 친구들이랑 대화한다고 생각하고 말하면 돼. 지금은 군인이라 생각하지 말고. 알겠지?"

"예."

대한은 김홍식의 단답이 답답했지만 딱히 티내지 않고 질문을 시작했다.

"취미가 뭐야?"

"없습니다."

"없구나. 그럼 특기는? 잘하는 거 있어?"

"없습니다."

"그래, 그것도 없구나."

괜히 인적 사항이 비워져 있는 게 아니었군.

대한의 질문이 이어졌다.

"휴가 나가면 노는 친구들 있어?"

"그냥 집에서 쉬는 편입니다."

"음…… 그럼 대학교는? 그냥 4년제라고만 적혀 있던데 학과가 어디야?"

"대학교는…… 자퇴할 겁니다."

"아…… 그래?"

무슨 창과 방패의 싸움도 아니고 툭하면 맥을 끊어 버리는 화법에 대한은 힘이 쭉 빠졌다.

하지만 포기하지 않고 계속 질문을 던졌으나 헛수고였다.

별다른 소득은 없자 대한은 결국 인적 사항 조사를 포기하며 물었다.

"에휴, 됐다. 혹시 흡연은 해?"

"예."

"역시 안 할…… 응? 한다고?"

"예."

이건 또 뭐야?

그 와중에 담배는 펴?

근데 뭔가 이상했다.

잠시 생각에 잠긴 대한이 이내 이상하다는 듯 미간을 좁히며 물었다.

"근데…… 너 담배는 대체 언제 어떻게 피우냐?"

확실히 이상했다.

아니, 제일 궁금했다.

그도 그럴 게 대한은 비흡연자였지만 늘 흡연자들을 따라다 녀 부대 흡연자들 얼굴은 다 알고 있었으니까.

근데 김홍식의 얼굴은 흡연장에서 한 번도 본 적이 없었다.

게다가 군대 특성상 혼자 피우러 갈 수도 없는 노릇.

근데 어떻게 담배를 피운다는 거지?

설마 거짓말을 하는 건가?

그건 아닐 것 같았다.

애초에 거짓말이라는 건 어느 정도 배짱이 있어야 하는 건데 김홍식은 그런 깡 자체가 없는 놈이었으니까.

그때, 전혀 생각지도 못한 김홍식의 대답이 이어졌다.

"휴가 나가서 피웠습니다."

"……뭐?"

휴가 나가서 피운다고?

그게 말이야 방구야?

너무 놀라서 한 번 더 되묻자 김홍식이 잔뜩 움츠러든 모습으로 눈치를 보기 시작했다.

그 모습에 대한이 헛웃음을 터뜨리며 말했다.

"아니, 그…… 홍식아. 내가 널 혼내려는 게 아니라 정말 궁금해서 묻는 거야. 군대에서 흡연을 못 하게 하는 것도 아닌데 왜 굳이 휴가 나가서 피우는 거야?"

"그게…… 군대에선 별로 안 피우고 싶습니다."

……그래.

담배가 기호 식품이긴 하지.

근데 이건 흡연자 마인드가 아닌데?

대한도 전직 흡연자 출신이었기에 흡연자들 마음은 그 누구보다도 제일 잘 알고 있었다.

그래서 이번 생엔 담배는 손도 대지 않는 것이고.

'스트레스 받거나 배부를 때, 하다못해 화장실만 가도 생각

이 나는 게 담배인데 군대에서 안 피우고 싶다는 게 말이 안 되
잖아?'

그러나 이 이상 추궁하기엔 무리가 있어 보였다.

김홍식이 잔뜩 움츠려 있었으니까.

대한이 잠시 눈을 감았다 천천히 뜨며 말했다.

"그래…… 일단 그렇다 치자, 그럼 술은? 술은 좋아해?"

"예, 좋아합니다."

"……그래?"

거 참 알수록 신기한 놈일세.

평범한 건 아무것도 안 하면서 몸에 나쁜 건 다 한다고 하다
니.

대한의 질문이 이어졌다.

"술은 누구랑 먹니?"

"그냥 혼자 마십니다."

"집에서?"

"밖에서 혼자 먹습니다."

"그렇구만…… 그럼 운동은 따로 하니?"

"어…… 별로 안 좋아합니다."

그렇겠지.

그러니 몸이 저리 왜소하겠지.

하지만 술 담배는 그렇다 쳐도 운동은 대한이 참견할 수 있는
영역.

대한이 말했다.

"운동을 좋아서 하는 사람이 얼마나 되겠냐. 다들 건강해지려고 하는 거지. 그런 의미에서 오늘 1중대랑 축구 할 건데 너도 나와. 포지션 어디 서고 싶어?"

그 말에 김홍식은 잠시 고민하더니 대한의 눈치를 보며 어렵게 말했다.

"그럼…… 고, 공격수 하고 싶습니다."

"그래, 그럼 공격수 해."

"……진짜 공격수 합니까?"

"하고 싶다는데 해야지. 안 될 건 또 뭐야."

놀라는 김홍식과는 달리 대한은 오히려 기쁘게 받아들였다.

김홍식이 뭘 하고 싶다고 이야기한 건 이번이 처음이었으니까.

'어디서부터 고쳐 나가야 할진 모르겠지만 일단 하고 싶은 것부터 시켜서 자신감을 한번 키워 줘 봐야겠어.'

대한이 웃으며 말했다.

"그럼 일과 빠르게 마무리하고 환복한 뒤에 몸 풀고 있어. 보급관한테 보고하고."

"예, 알겠습니다."

"좋아, 그럼 가서 일하던 거마저 하도록."

김홍식은 대한에게 조용히 경례를 하고 중대장실을 빠져나갔다.

김홍식이 나가고 대한은 곧장 중대장실로 들어가 이영훈에게 말했다.

"중대장님, 본부 중대랑 축구 한판 어떻습니까."

"좋지. 근데 너 설마 본부 중대장으로 참여하는 거냐?"

"당연한 거 아닙니까?"

그 말에 이영훈이 배신감 돋는 표정으로 입을 벌렸다.

"와…… 거기 보낸 지 얼마나 됐다고 벌써 변절을 해?"

"변절은 무슨 변절입니까, 그보다 중대장님, 혹시 본부 중대에 김홍식이라고 아십니까?"

"김홍식? 아, 알지. 대대장님이 관심 병사로 올리라고 했는데 본부행보관이 끝까지 안 올린 걔 말하는 거 맞지?"

"아, 그런 일이 있었습니까? 아무튼 그 친구 맞습니다."

"보급관 말로는 소심한 거 빼고 별다른 문제는 없다고 하던데, 갑자기 걔는 왜?"

"방금까지 그 친구 면담하고 왔습니다."

"가자마자 또 어려운 일을 맡는구만. 그래서, 좀 어떻든?"

"보급관 말대로 자신감이 상당히 결여된 친구였습니다. 그래서 이번에 축구할 때 그 친구도 같이 끼워서 할 참인데…… 그런 의미에서 중대장님이 수비 좀 해 주시면 안 되겠습니까?"

"내가? 수비를?"

"예, 홍식이가 오늘 공격수입니다."

이영훈이 어이가 없다는 표정으로 답했다.

"지금 나한테 접대 축구하라는 말이냐?"

"아이, 병사한테 무슨 접대입니까."

"아, 안 돼. 중원의 지휘자인 내가 수비나 하고 있을 순 없어."

"단이랑 할 때는 저랑 같이 수비 보셨지 않습니까."

"그땐 쪽수에서 밀린 거고. 지금은 왕고가 나니까 하고 싶은 거 해야지."

"그러지 말고 홍식이 기 한 번만 살려 주십쇼. 면담하는 내내 벽 보고 이야기하는 기분이었다가 축구 이야기 꺼내니까 그나마 공격수 해 보고 싶다고 해서 생각해 낸 작전입니다."

"야이씨, 그럼 그건 그냥 수비하라는 것도 아니고 일부러 뚫려 달라는 거잖아. 그게 접대가 아니면 뭔데?"

"그냥 심리치료의 일환이라고 생각해 주십쇼. 좋아하는 것도 잘하는 것도 없는 놈인데 이번 기회에 축구에 재미 붙여서 그게 운동으로까지 이어지면 얼마나 좋겠습니까. 그리고 그걸 계기로 관심 병사가 아니라 건강한 병사가 되면 부대 전투력 향상은 물론, 무엇보다도 대대장님이 엄청 좋아하실 겁니다. 그 친구, 대대장님도 아는 친구라 하셨지 않습니까."

생각보다 건강한 이유에 이영훈이 미간을 좁혔다.

"하이씨…… 아무리 그래도 가오가 있지. 내가 중대장씩이나 되서 그런 눈 가리고 아웅을 해야 되겠냐?"

"단체 생활이지 않습니까. 사람 괴롭히면서 사고 치는 놈들

보단 차라리 그런 친구들 인간 만드는 게 백 배 천 배는 더 이롭습니다."

불과 얼마 전까지만 해도 인간 이하의 것들을 겪었다.

그런 관점에서 봤을 때 김홍식은 그저 자신감만 없을 뿐이지 나쁜 놈은 아니었다.

그래서 더더욱 도와주고 싶었던 것.

그때, 대한이 비장의 수를 덧붙였다.

"만약 본부 중대 이기게 해 주시면 제가 오늘 저녁 크게 쏘겠습니다."

"……진짜? 축구 한판에 그렇게 큰돈을 건다고?"

"……도대체 뭘 드시려고 그러십니까? 뭐, 좋습니다. 뭘 드시든지 상관없으니까 홍식이가 골을 넣고 1중대가 패배하는 것. 그게 제 조건입니다. 그리고 앞으로도 제 요청에 응해 주시는 것."

그 말이 떨어지기 무섭게 이영훈은 바로 손을 내밀었다.

"좋은 경기 펼쳐 보자."

"역시 중대장님이십니다."

그렇게 병사 한 명을 위한 승부 조작이 성사된 순간이었다.

✳

체력 단련 시간.

연병장에는 1중대와 본부 중대의 축구 대표 인원들이 몸을 풀고 있었다.

이영훈은 대한과의 약속을 지키기 위해 공평한 기회의 부여라는 핑계로 일부러 에이스가 아닌 후보 인원들을 참가시켰다.

자세한 사연은 병사들에게 말하지 않았다.

이런 건 말 안 하는 게 차라리 나았으니까.

'비밀을 아는 사람이 많아지면 그건 그것대로 곤란하지.'

그래서일까?

패스로 몸을 푸는 1중대원들을 보며 대한은 크게 만족했다.

'저 정도 실력이면 홍식이가 한 골은 넣겠지.'

멋대로 가는 패스.

기존의 에이스들에 비하면 처참한 실력이었다.

그에 비해 본부 중대 인원들의 실력은 준수한 수준.

아니, 준수하다기보다는 그래도 경기를 할 수 있는 정도였다.

하나 문제는 김홍식이었다.

김홍식의 슈팅이 소녀 그 자체였다.

'하…… 저래서 골대 안으로 들어가기나 하겠어?'

애초에 슈팅 자세가 너무 작았다.

걸어와서 발에 맞추고 지나가는 정도?

대한은 벌써부터 걱정이 앞서기 시작했다.

그때 김홍식의 슈팅을 지켜보던 이영훈이 대한에게 다가와 조용히 물었다.

"괜찮겠냐? 꼴을 보니 축구 자체가 처음인 것 같은데?"

"……저라고 알았겠습니까, 무튼 약속 꼭 지켜 주십쇼."

"하, 괜히 한다고 했어."

"이미 도장 찍으셨습니다. 도와주십쇼."

"오냐, 프로는 남 탓을 하지 않는 법이지."

이영훈은 잠시 고민하더니 중대로 돌아가자마자 갑자기 골키퍼를 굴리기 시작했다.

"다이빙 안 뛰어? 그래 가지고 슈팅 막겠어? 다시!"

아무래도 골키퍼의 체력을 빼 놓아 어떻게든 빈틈을 만들려는 모양.

하지만 저 정도로는 부족했다.

그때, 대한의 시야에 양준규가 보였다.

'그래, 양 코치가 있었지?'

대한이 양준규에게 손짓하자 양준규가 얼른 뛰어왔다.

"준규야, 미안한데 얘 잠깐만 레슨 좀 부탁하자."

"이 아저씨 말입니까?"

"어, 슈팅이 골대로 가기만 하게 만들어 줘."

"소대장님이 계속 보고 계시길래 저도 보고 있었습니다만…… 솔직히 말해서 이런 건 하루 만에 고칠 수 없다는 거 잘 아시지 않습니까."

"나도 알지. 그러니까 너한테 부탁하잖냐."

"후…… 일단은 알겠습니다."

바로 코칭에 들어가는 양준규.

그래.

이 정도면 할 만큼 했다.

이제 남은 건 하늘에 맡기는 것뿐.

대한은 하늘이 돕길 기도하며 킥오프를 위해 중앙으로 이동했다.

심판은 특별히 정우진이 봐주기로 했다.

이는 이영훈이 제안한 것으로 승부 조작의 완성은 심판 매수라는 말에 대한이 직접 섭외한 것.

그리고 이유를 들은 정우진은 당연히 대한의 부탁을 수락해 주었다.

그리고 이내 경기가 시작되었고 공병단 축구 역사에 남을 졸전이 시작되었다.

"여기 비었어! 아니, 왜 그쪽으로 차냐고?"

"마이! 어, 안 닿네. 커버해 줘!"

"아! 꼿발로 차지 말라고!"

개판도 이런 개판이 없었다.

공가는 곳으로 20명씩 뛰어가고 있었고 밖에서 구경하던 병력들은 웃음바다가 됐다.

정우진은 연신 휘슬을 불다 너무 어이가 없어서 대한에게 다가갔다.

"대한아, 이게 축구냐?"

"저도 잘 모르겠습니다."

"네가 부탁해서 하고는 있다만 편파 판정도 일단 진행이 돼야 하는 거지 이대론 아무것도 못 할 것 같다."

"……더 열심히 굴려보겠습니다."

"그러지 말고 차라리 네가 공 잡아서 1중대 골대 앞까지만 가. 내가 영훈이 보고 너한테 태클하라고 할게. 그럼 내가 반칙 불고 홍식이가 킥 차고. 어때?"

어라?

이 양반 봐라?

역시 육사 출신은 달라.

대한이 환하게 웃으며 고개를 끄덕였다.

"역시 육사 출신은 다르십니다."

"후, 영훈이한테는 내가 말해 놓을게. 얼른 준비해."

"예, 알겠습니다!"

그래.

방법은 이것뿐이다.

현실적으로 김홍식이 수비수들을 뚫고 혼자 골을 넣을 순 없을 테니까.

하나 정우진의 말대로 대한이 골대 앞까지 공을 몰고 가는 것도 무척이나 어려운 일이었다.

그도 그럴 게 패스 없이 오로지 드리블로만 적들을 뚫어야 했으니까.

게다가 1중대 선수들은 공만 보면 개처럼 몰려와 우르르 발부터 뻗었다.

그들도 패스가 안 되니 이런 인해전술을 차용하는 것.

그렇게 실패하기를 몇 번.

답답함을 느낀 이영훈이 대한에게 다가와 말했다.

"뭐하냐? 공만 가지고 오라니까?"

"아니, 그게 말이 쉽지 저렇게 달려들면 메시가 와도 뺏길 겁니다."

"뺏기긴 무슨, 그냥 툭툭 치면 다 떨어지겠구만."

"후, 저 아직 포기 안 했습니다. 좀만 더 해 보시죠."

"알겠다. 야! 포메이션 지켜!"

이영훈은 빠르게 중대원들을 정리하기 시작했고 그제야 공간이 좀 보이기 시작했다.

대한은 본부 중대 골키퍼에게 패스를 받은 뒤 슬금슬금 올라가기 시작했고 이내 전력질주로 이영훈에게 달려갔다.

이영훈과 눈이 마주친 대한은 반칙을 당할 준비를 했고 이영훈이 시원하게 대한에게 태클을 날렸다.

그런데…….

'어어? 이렇게 들어오면……!'

덤프트럭처럼 들어오는 이영훈.

그 순간 대한은 보았다.

연기가 아닌 진심이 담겨 있는 코뿔소 같은 중대장의 눈빛을.

'아이, 저 미친놈이!!'

피할까?

찰나의 순간 수십 번을 고민했다.

그러나 이내 눈을 질끈 감았다.

이 모든 건 인간 하나를 개조하기 위해서다.

그리고 그 순간, 이영훈의 태클이 시원하게 대한에게 작렬했다.

태클이 작렬한 뒤, 대한은 그대로 앞으로 몇 바퀴를 굴렀다.

그러자 상황을 지켜보던 병사들이 놀라며 한마디씩 했다.

"와, 저건 좀 심한 거 아냐?"

"중대장님이 소대장님 다른 보직 간다고 아예 담가 버리려는 것 같은데?"

"소대장님 돌아가신 거 아냐? 못 일어나시는데? 야, 중대장님 웃고 계신다."

"와, 진짜 악마네. 자기를 그렇게 따르던 부하를 담그고 저렇게 웃다니······."

"피의 이영훈······."

덕분에 승부 조작 의심은 피할 수 있었지만 그에 대한 대가는 너무 컸다.

대한이 바닥에 넘어진 채 고통에 몸부림쳤다.

그러자 이영훈이 달려와 한껏 미소를 뿜으며 말했다.

"야야, 성공이다. 대한아!"

"아니, 그, 아오! 태클이 너무 심하신 것 아닙니까? 저 진짜 뼈 부러질 뻔했습니다."

"미안, 네가 그렇게 돌진해 오니까 순간 흥분을 주체하지 못하겠더라."

대한은 고통스러워하며 이영훈에게 손을 내밀었고 이영훈이 대한의 손을 잡아 일으켜 주었다.

다행히 부상은 입지 않았다.

이런 게 최정예 전투원의 짬바일까?

그때, 지켜보던 정우진이 얼른 달려와 파울을 선언했다.

"페널티킥 준비해라."

"예, 알겠습니다. 홍식아!"

갑자기 자기 이름이 불린 김홍식이 놀란 표정으로 자신을 가리킨다.

그 모습에 대한이 말했다.

"나 대신 네가 좀 차라."

"제, 제가 말씀이십니까?"

"그럼 여기 홍식이가 너 말고 또 있냐?"

"지, 진짜 제가 차도 됩니까?"

"어, 네가 공격수잖아. 골은 공격수가 넣어야지."

"그, 그래도 중대장님이 차셔야 하는 거 아닙니까? 저 잘 못

차는데……."

"방금 못 봤냐? 나 부상이라 못 차."

대한이 다리를 절뚝이며 말했다.

이는 연기가 아니었다.

크게 다친 건 아니었지만 진짜 아파서 제대로 못 걷는 것이었다.

그 모습에 이영훈이 민망함에 헛기침을 했으나 덕분에 자연스럽게 분위기가 만들어졌다.

"아, 알겠습니다."

김홍식이 자리에 선다.

이내 정우진의 휘슬이 울렸고 김홍식이 달려가 냅다 공을 후려 찼다.

그러나.

틱.

어떻게 만든 기회인데, 양준규의 레슨이 무색하게 골키퍼에게 막혔다.

대한은 그 광경을 보고 말문이 막혔다.

정우진이나 이영훈도 마찬가지였다.

두 사람은 대한의 눈치를 살폈고 뒤늦게 정신 차린 대한이 김홍식에게 외쳤다.

"괘, 괜찮아, 홍식아! 다음에 또 넣으면 돼. 얼른 수비하러 가자."

"예, 예, 알겠습니다!"

김홍식은 대한의 말에 열심히 뒤로 뛰어갔고 정우진이 대한에게 조심스럽게 말했다.

"……또 할 거냐?"

"……방법이 그것뿐인데 어쩌겠습니까."

"하…… 병사들을 위한 네 마음은 높이 산다만 이러단 네 몸이…… 너 이러다 전역해."

"괜찮습니다."

"하…… 야, 영훈아."

"예, 선배님."

"이번에는 살살 좀 해라. 대충 부딪혀도 불 거니까 아까처럼 까진 안 해도 돼. 축구하다 대한이 전역시킬 거냐?"

"넵, 알겠습니다."

대한은 이영훈과 눈빛을 교환하고 다시 작전을 실시했다.

다행히 이번엔 그렇게 아프지 않았다.

또 한 번의 태클로 기회가 만들어지자 대한이 외쳤다.

"홍식아! 네가 차라!"

"제, 제가 말씀이심까?!"

"방금 나 태클 당한 거 못 봤나?"

"아, 알겠슴다!"

다시 얻은 기회.

대한은 자리에 선 김홍식에게 손수 코치까지 해 주었다.

"홍식아, 이번에는 최대한 구석으로 찬다고 생각하고 냅다 후려 차 봐. 준규가 알려 준 거 있지?"

"예, 알겠습니다."

아까 전의 실수 때문이었을까?

아님 한 번 더 얻은 기회 때문이었을까?

김홍식의 눈빛이 사뭇 비장해졌고 이내 정우진의 휘슬이 울렸다.

김홍식은 달려가 공을 찼다.

그 찰나의 순간, 내막을 알고 있는 이들의 눈이 커질 대로 커졌다.

'제발!'

'설마!'

'들어가라!'

빠른 공은 아니었다.

하나 이영훈의 트레이닝으로 골키퍼의 체력이 꽤 닳아 있던 상황.

그리고 이번에는 놀랍게도 골키퍼의 손을 피해 골대 안으로 들어가는데 성공할 수 있었다.

"와아아!"

"와, 저걸 넣네?"

"야, 봤냐? 홍식이가 골 넣은 거?"

"쟤가 저런 재능이 있었나?"

쏟아지는 환호성들.

승부 조작단은 진심으로 기뻐했고 같은 중대 사람들은 생각지도 못한 김홍식의 저력에 얼빠진 모습을 보였다.

그러나 그들보다 가장 놀란 건 다름 아닌 김홍식 본인이었다.

"……내가 골을?"

믿을 수가 없었다.

일평생 공이라고는 제대로 차 본 적도 없는 자신이었다.

아니, 공을 떠나 체육 활동 한번 제대로 해 본 적이 없었다.

그런데 그런 자신이 모두가 보는 앞에서 보란 듯이 골을 넣는 데 성공했다.

온몸에 소름이 돋았다.

기분이 이상했다.

이런 기분은 난생 처음이었다.

한 번도 경험해 보지 못한 묘한 고양감에 취해 있던 그때, 멀리서 지켜보던 대한이 다가와 어깨동무하며 말했다.

"잘했다, 홍식아. 거 봐라, 하면 할 수 있잖냐."

"중대장님……."

"응?"

"축구가…… 축구가 너무 재밌습니다."

그 말에 대한의 입꼬리가 길게 올라갔다.

"그래? 아깐 뭘 해도 다 재미없고 관심 없다더니?"

"축구는…… 좀 다른 것 같습니다."

"다행이네. 그럼 앞으로도 꾸준하게 축구할 거냐?"

"예, 그러고 싶습니다."

"이제라도 좋아하는 게 생겼다니까 다행이네. 그럼 좋아하는 걸 더 즐기려면 앞으로 운동도 좀 하고 해서 체력을 더 길러야 겠지?"

"예, 그래야 될 것 같습니다."

"오케이, 그럼 스포츠맨답게 목소리도 좀 더 키우고 씩씩하게!"

대한이 김홍식의 등짝을 팍 치며 말했다.

"이제 실점만 안 내면 네가 오늘 경기 MVP다. 그러니 가슴 펴고 당당한 모습 보여. 그래야 멋있지, 안 그러냐?"

MVP.

그 말에 김홍식의 눈에 이채가 돌았다.

그러더니 갑자기 목소리에 힘이 들어갔다.

"예! 알겠습니다!"

"아잇, 깜짝이야."

깜짝 놀랐다.

여태 모기처럼 앵앵거리기만 하던 놈이 갑자기 이런 발성이라니.

물론 평소에 내던 발성이 아니라 좀 어색하긴 했지만 앵앵거리던 목소리보다는 훨씬 나았다.

"자, 그럼 이제 경기 마무리하러 가자."

"예, 알겠습니다!"

김홍식의 허리가 곧추서며 씩씩하게 앞으로 쏘아져 나간다.

그 뒷모습을 지켜보던 대한은 만족스러움에 고개를 끄덕였다.

'그래, 뭐든 동기부여가 중요한 법이지.'

절로 웃음이 났다.

이번 축구를 계기로 김홍식에게 정말로 큰 변화가 생긴다면, 진홍길 상사와 약속했던 대로 본부 중대 업무로부터 해방될 수 있을 테니까.

'뭐, 진짜 중요한 건 홍식이의 변화지만 말이야.'

그나저나 김홍식의 축구에 대한 관심이 계속해서 이어지려면 몇 번 정도 이런 연극을 더 해 줘야 할 필요가 있을 것 같다.

'일단 준규한테 레슨을 좀 붙여 봐야겠네.'

김홍식 개조 프로젝트는 지금부터가 시작이었다.

✳

경기가 끝났다.

결과는 1-0으로 본부 중대의 승리.

김홍식은 대한의 말대로 경기 MVP가 되어 모두의 축하를 받았고 대한은 김홍식의 고양감을 배가시키기 위해 선수들에게 피엑스를 썼다.

덕분에 김홍식은 병사들 사이에서 더더욱 뜨거운 관심을 받을 수 있었다.

'여긴 이 정도면 됐고.'

마무리를 마친 대한은 얼른 숙소로 복귀해 샤워한 뒤, 주차장으로 내려왔다.

주차장에는 승부 조작의 공범들이 대한을 기다리며 흡연을 하고 있었다.

이영훈과 정우진이었다.

그들이 절뚝이며 오는 대한을 보며 웃자 대한이 한숨을 내쉬며 말했다.

"다음에는 1중대장님이 심판 보십쇼. 그땐 2중대랑 경기할 겁니다."

"큭큭, 아. 미안하다. 웃으면 안 되는데."

이영훈은 웃음을 멈추지 못한 채 대한의 다리를 확인했다.

"그래도 어디 멍들거나 까진 곳은 없네?"

"무슨 소리십니까. 샤워하면서 보니까 등에 아주 피가 철철 났습니다."

"하하, 그래. 등으로 떨어지긴 하더라. 아, 그럼 상처 있는 대한이는 술 마시면 안 되겠네?"

"예?"

"운전은 네가 하면 되겠다."

"아……."

이런 양아치를 봤나.

그 말에 대한이 얼른 이영훈의 다리를 살피며 말했다.

"엇, 중대장님도 무릎 까지셨습니다. 술 드시면 안 됩니다."

"원래 상처 소독엔 알코올이 제일이라는 거 모르냐? 자, 자, 이제 얼른 갑시다."

그래.

관심 병사 가슴에 열정이란 불을 지폈는데 이깟 상처가 대수랴.

세 사람은 이내 이영훈의 주도 하에 부대 근처 식당으로 향했다.

그렇게 도착한 곳은 영천의 한우 집.

그곳을 본 정우진이 당황하며 말했다.

"야…… 아무리 그래도 그렇지, 좀 적당한 곳으로 오지 여긴 좀…… 대한아, 여긴 우리랑 같이 내고 이따 2차나 사라."

"아, 아닙니다. 괜찮습니다."

정말 괜찮았다.

선배들을 부려 먹었는데 돈이 문제겠는가?

게다가 후배가 선배한테 밥 살 기회도 잘 없는데 오히려 이럴 때 비싼 걸 먹일 수 있으면 대한의 입장에선 환영이었다.

그때, 이영훈이 은근한 표정으로 엄지를 들며 말했다.

"선배님, 대한이 진짜 부자입니다. 이런 건 저희가 김밥 사 먹는 축에도 안 될 겁니다."

그 말에 정우진은 차마 부정하지 못했다.

정우진도 대한의 집에 가 본 적이 있었기 때문이다.

그러자 대한이 어이가 없다는 듯 웃으며 말했다.

"아휴, 뭘 또 그리 오버를 하고 그러십니까. 그 정돈 아니지만 그래도 중대장님들께 밥 한 끼 사 드리고 싶었습니다. 이런 기회 잘 없는데 오늘은 제가 사게 해 주십쇼."

"네가 그렇게까지 말한다면…… 그래, 알겠다."

대한의 말에 그제야 마지못해 고개를 끄덕이는 정우진.

식당에 들어간 세 사람은 이내 예약된 방에서 천천히 고기를 굽기 시작했다.

다들 경기를 뛰고 와서 그런지 식사량이 대단했다.

셋이서 10인분도 넘는 고기들을 해치우자 그제야 배가 좀 찼는지 천천히 토크가 시작되었다.

이영훈이 우물거리며 말했다.

"근데 아까 보니까 홍식이 표정이 확 달라졌던데, 뭐라고 한 거냐?"

"이제 축구가 좋아졌답니다. 그래서 응원 좀 해 줬습니다. 그리고 승리 턱으로 피엑스도 쏴서 홍식이 기 좀 살려 줬더니 다들 홍식이 찬양하고 난립니다."

"역시 대한이가 병력들 관리는 참 잘해. 본부 중대 보급관이 반년은 넘게 매달렸던 애를 이렇게 바꾸네."

"이제 시작 아니겠습니까, 그런 의미에서 앞으로 사람이 바꾸려면 이런 경기가 몇 번은 더 있어야 할 것 같은데 이후에도 계속 좀 도와주십쇼, 제가 또 밥 사겠습니다."

"크크, 그래그래. 이렇게 비싼 밥 얻어먹었는데 접대 축구 몇 판이 뭐가 그리 대수일까."

두 사람의 대화를 듣고 있던 정우진도 흐뭇함에 고개를 끄덕이며 말했다.

"그래, 나도 힘닿는 데까진 최대한 도와줄게. 나도 예전에 홍식이 같은 애 데리고 있었던 적 있는데 한 1년 동안 데리고 다니면서 운동시키니까 사람 자체가 바뀌더라고. 시간이야 좀 걸리겠지만 어디 한번 잘해 봐."

"역시 2중대장님이십니다. 차라리 처음부터 2중대장님한테 가서 상담드릴 걸 그랬습니다."

대한이 정우진의 조언에 감탄하자 이영훈이 아무렇지 않다는 듯 답했다.

"육사 나오신 분이잖아. 난 나한테 오라고 한 적 없다."

"예, 맞습니다. 오라고 하신 적은 없죠."

"후후, 그런 의미에서 고기 더 먹어도 되냐."

"예예, 많이 드십쇼."

"사장님! 여기 꽃등심 3인분이요!"

"넌 그만 좀 먹는 게 어떻겠냐, 선배가 되서 어떻게 후배 지갑을 그리 털어먹냐?"

"또 말씀드립니까? 대한이는 부자 오브 부자로써 저희 같은 서민들의 위장으로는 감히…….

"아휴, 그래. 내가 졌다. 많이 먹어라."

"헤헷, 그럼 잘 먹겠습니다."

이영훈의 장난기 넘치는 목소리에 대한이 피식 웃는다.

그 말이 아주 틀린 말은 아니었으니까.

그날 이후 대한은 다음 보직 인수인계 기간 내내 축구만 했다.

그것도 매번 승부 조작으로.

근데 재미없을 줄 알았던 경기들이 의외로 시간이 지날수록 재밌게 변했다.

참여 선수들의 실력이 하루가 다르게 늘어 보름 정도가 지났을 땐 다들 경기다운 경기를 펼쳤기 때문이다.

물론 중간중간 어이없는 실수는 계속해서 나왔지만 처음과 비교하면 엄청난 발전이었다.

물론 그중에서도 가장 큰 발전을 이룬 건 당연히 김홍식이었다.

김홍식은 이제 소녀 슛이 아닌 소년 슛 정도를 해내고 있었기 때문.

그 눈부신 발전에 대한이 고개를 끄덕였다.

'역시 양 코치, 레슨은 프로한테 배워야 해.'

레슨비로 피엑스에서 얼마나 많은 음식들을 사다 주었는가.

그러나 그 투자가 결코 아깝지 않은 결과였다.

그도 그럴 게 이젠 운이 좀 따라 주면 골까지 넣는 수준이 되었으니까.

물론 양준규는 몹시 괴로워했지만.

"중대장님, 죽을 것 같습니다. 그냥 안 받고 안 가르치면 안 되겠습니까."

"사람 하나 살리는 셈치고 가르쳐 보자. 얘가 불쌍하지도 않냐."

"하."

덕분에 김홍식은 이제 축구를 떠나 드디어 병력들과 어울리는 쾌거까지 이루어 냈다.

목소리도 높아져서 출근 때마다 진홍길에게 야단맞던 풍경 또한 사라졌다.

그렇게 박희재가 인수인계를 지시한 마지막 날.

진홍길이 대한을 찾아왔다.

"중대장님."

"예, 보급관님."

"정말 대단하십니다. 정말 홍식이를 사람 만들 줄은 몰랐습니다."

진심으로 감탄하는 진홍길.

당연했다.

부대의 어머니이자 맥가이버라 불리는 존재들이 바로 보급관인데다 진홍길은 그런 프라이드가 유난히 더 대단한 사람이었으니까.

그러나 그런 그조차도 끝끝내 김홍식을 변화시키진 못했다.

그런데 대한은 불과 며칠 만에 김홍식을 완전히 다른 사람으로 바꾸어 놓았으니 이건 내기를 떠나서 같은 군인…… 아니, 사람 대 사람으로서 리스펙하지 않을 수가 없는 결과물이었다.

대한이 웃으며 말했다.

"하하, 아닙니다. 그냥 하던 대로 했을 뿐입니다."

"하던 대로 하신 게 이 정도면 중대장님은 대체…… 무튼 약속대로 저번에 말씀드렸던 것처럼 중대장님이 하셔야 할 중대 업무는 제가 싹 다 도맡아서 하겠습니다."

"아휴, 아닙니다. 아무리 그래도 저도 같이해야죠."

"아닙니다. 중대장님은 병력 관리만 해 주십쇼. 본부 중대가 잘 굴러가려면 아무리 봐도 그게 맞는 것 같습니다. 전 병력 관리 쪽으론 중대장님을 이길 자신이 없습니다."

진심이었다.

군대는 효율을 중요시 하는 곳이었으니까.

이어 진홍길이 엄지를 든 후 주먹 인사를 취하자 대한도 자리에서 일어나며 주먹 인사를 받아 주었다.

"좋습니다. 그렇게까지 말씀하시는데 그럼 업무 분담은 그렇게 하는 것으로 알고 있겠습니다."

"예, 믿고 맡겨 주십쇼. 그나저나 오늘도 축구하십니까?"

"예, 해야죠. 축구 때문에 홍식이가 사람 됐는데 비라도 오지 않는 이상 같이 뛰어 줘야 되지 않겠습니까."

"그놈 참 축구 말고 족구에도 관심을 좀 가지면 같이하겠구만……."

김홍식은 특이하게도 다른 운동에는 전혀 관심이 없었다.

오로지 축구.

그것도 공격수에만 관심이 있었다.

다른 운동도 권해 봤지만 흥미가 없다고 했다.

그래서 그냥 취향을 존중해 주기로 했다.

어쨌든 앞뒤 꽉 막힌 녀석을 축구로 바꾸는 데 성공시켰으니.

'뭐, 차차 권해 보면 되겠지.'

준비를 마친 대한은 중대원들이 있는 생활관으로 올라갔다.

축구 준비를 하고 있을 거라 생각했던 중대원들은 의외로 김홍식 앞에 옹기종기 모여 있었다.

대한이 조용히 다가가 뭘 보고 있나 보았는데 그것은 의외로 축구화였다.

대한이 말했다.

"홍식이, 축구화 새로 샀어?"

"앗, 중대장님. 충성."

"어어, 충성. 그보다 못 보던 축구화네?"

"예, 그렇습니다. 어머니가 보내 주셨습니다."

"그래? 근데 새 축구화 신으면 밟아 줘야 하는 거 알지? 얼른 신고 나와."

그때, 옆에 있던 중대원들이 정색을 하며 말했다.

"그건 안 됩니다, 중대장님."

"왜? 너희들 설마 모르냐? 원래 축구화는 새로 사면 좀 밟아 줘야 제맛이야."

"그건 아는데…… 이거 엄청 비싼 축구화입니다."

"얼만데 비싸?"

"이거 50도 넘습니다."

"……응?"

50?

확실히 축구화치곤 엄청 비싸긴 하다.

대한이 김홍식에게 물었다.

"홍식아, 이거 네가 어머니께 보내 달라고 한 거야?"

"직접적으로 요청드린 건 아니고 그냥 축구화 좀 보내 달라고 하니까 이거 보내 주셨습니다. 전 이게 그렇게 비싼 줄도 몰랐습니다."

흠.

그렇군.

대한은 김홍식의 엄마 이야기가 나오자 입을 다물었다.

아들 축구 열심히 하라고 보내 줬다는데 더 이상 뭐라고 하겠나.

그래도 이건 너무 비싸긴 했다.

'따로 전화드려야겠네. 다음에는 싼 거 보내시라고.'

대한은 그날의 축구를 마지막으로 드디어 1중대로 돌아왔고 1주일간의 휴가를 보낼 수 있게 되었다.

※

대한은 1중대로 복귀해 새로 온 소대장들에게 인수인계를 마저 진행했다.

지휘 실습 때 한 번 했던 것이기에 빠르게 끝낼 수 있었고 하루 만에 인수인계를 끝낸 대한은 이영훈에게 보고를 한 뒤 그대로 인사과로 향했다.

고종민은 대한의 얼굴을 보고 구세주를 만난 듯 반겼다.

"드디어 왔구나."

"인사장교 일까지 하신다고 엄청 바쁘시다고 들었습니다."

"어, 차현수 중위가 아직 휴가 중이라 어쩔 수가 없네. 그래도 덕분에 단 인사장교 업무 파악도 다 해 놨다."

"그건 다행인 것 같습니다. 저희 보직 교체하자마자 동원 훈련 시작이지 않습니까."

"그래, 인사과 가장 큰 이벤트를 2개나 준비했지."

그의 눈 밑 다크서클이 그간의 고생을 말해 주는 듯했다.

대한은 대단하다는 듯 고개를 끄덕이며 박수를 쳐주었고 고종민이 손을 내저으며 말했다.

"근데 너 진짜 본부 중대장이랑 같이할 수 있겠냐? 훈련도 해야 하잖아."

"인사과 업무야 시작이랑 끝만 제대로 하면 되지 않습니까. 빨리 마무리하고 본부 중대로 뛰어가야죠."

"그건 또 그렇긴 한데 이 일이 생각보다 갑자기 불려 다닐 일이 많다? 중간에 일찍 나간다고 하면 본부 중대 훈련 중에도 내려와야 해."

대한도 알고 있다.

왜 모르겠는가?

인사과만 몇 년인데.

그래서 대한도 가장 신경 쓰는 문제이기도 했다.

그래도 뭐 어쩌겠는가?

이미 물은 엎질러져 버렸고 이젠 진홍길과 고종민을 믿을 수밖에.

대한이 웃으며 말했다.

"뭐, 선배님이 도와주시겠죠."

"나야 당연히 도와준다만은 그래도 참모가 땀 흘리는 자리는 아니잖아? 안 그래도 머리 터질 것 같은데 최대한 편하게 일해야지."

"예, 최대한 편하게 할 수 있도록 준비 잘해 보겠습니다."

"그래. 그럼 너만 믿는다. 아, 그리고 인수인계할 거 하나 더 있다."

"빠진 게 있었습니까?"

"그런 건 아니고. 그 행복나눔 125 감상문 공모전 종합해서 보고했거든? 결과 나오면 대대장님께 보고하고 휴가증 만들면 돼."

난 또 뭐라고.

그건 인수인계할 필요도 없는 것이었다.

그 건은 대한이 심사하러 직접 국방부로 가야 했으니까.

그렇기에 심사가 끝나면 발표가 날 것이고 사실 따지고 보면 결과가 나기도 전에 휴가증을 미리 만들어 놓을 수도 있는 일이었다.

'결과에 대한 반응이 좋았으면 좋겠는데.'

대한은 자신의 건의로 만들어진 공모전이기에 어떻게든 군에 긍정적인 변화를 끼쳤으면 했다.

이어 인사과장 자리에 앉은 대한은 고종민이 만든 자료를 하나씩 다시 확인하기 시작했다.

같은 주둔지 안에 있기에 언제든 물어볼 수 있었지만 대한의 경험상 그건 전임자에게 아주 귀찮은 일이었다.

'이미 떠난 자린데 미련이 있겠냐고.'

물론 친하면 적극적으로 찾아 주긴 하겠지만 대부분 알아서 찾으라고 하고 연락을 끊어 버렸다.

그래서 대한은 옛날부터 인수인계를 받을 때 확실히 하려는 습관을 들여놓았고 내친 김에 고종민이 일 년 내내 정리한 파일을 자신의 입맛대로 재정리까지 마쳐 버렸다.

그 과정을 지켜보던 고종민이 황당함에 물었다.

"……넌 직접 해 보지도 않았으면서 어떻게 이렇게 분류를 잘 해 놓냐?"

"선배님이 워낙 정리를 잘해 놓으셔서 그런 거 아니겠습니까."

"그거랑 그거랑 무슨 상관인진 모르겠다만…… 아무튼 내가 고생한 게 좀 억울하게 느껴진다?"

대한은 고종민의 말에 피식 웃으며 자리에서 일어났다.

그 순간.

위이잉-.

휴대폰 진동.

발신자를 본 대한은 얼른 인사과를 나와 전화를 받았다.

추지훈이었다.

"충성! 중위 김대한 전화받았습니다."

-그래, 김 중위. 군 생활 힘든 건 없고?

"예, 즐겁게 군 생활 하는 중입니다."

-허…… 벌써 군 생활이 즐거우면 안 되는데 대대장이 많이 풀어 주나 보네?

"하하, 아닙니다. 열심히 하다 보니까 즐거움을 찾게 되었습니다."

－하여튼 말은 잘해요. 그나저나 너 다음 주에 부대 일정이 어떻게 되냐?

"저희 동원 훈련 시작입니다."

－응? 너 인사과 가는 거 아니냐?

"예, 그렇긴 한데 제가 이번에 인사과장이랑 본부 중대장을 겸직하기로 했습니다."

－뭐? 겸직을 한다고? 부대에 그렇게 간부가 없나?

대한은 사실대로 말을 해야 하나 고민하다가 이내 고개를 저었다.

'어차피 누워서 침 뱉기다.'

박희재가 욕을 먹는 건 물론 이원영도 욕을 먹을 수밖에 없을 터.

부하된 입장에서 상급자를 욕보일 순 없지.

대한이 웃으며 말했다.

"후방은 간부가 항상 부족하지 않습니까."

－아무리 간부가 부족해도 그렇지 중위한테 보직 두 개를 맡기는 건 또 처음 보네. 그리고 부대 일정은 누가 짜는 거야? 보직 교체하자마자 동원 훈련시키는 게 말이 된다고 생각하냐?

그러게 말입니다.

이건 진짜 누가 짜는 겁니까?

다른 훈련 같은 경우에는 정작과에서 계획을 한다.

하지만 동원 훈련은 여러 기관들이 합쳐서 일정이 나오는 것이었고 하필 공병단이 이 시기에 일정이 계속 잡혀 있는 것.

그렇기에 추지훈이 이 사실을 모르진 않을 터.

대한은 본인을 위해 대신 욕해 주는 추지훈에게 고마움을 느끼며 말했다.

"하하, 그래도 준비는 완벽히 되어 있어서 괜찮을 것 같습니다."

—이야, 요즘 중위들은 다 너같이 겁이 없냐? 예비군들한테 당해 봐야 정신 차릴 텐데.

"깔끔하게 통제할 자신 있습니다."

—그건 뭐 해 보면 알겠지. 그나저나 그럼 다음 주에 심사하라고 부르면 못 오겠네?

역시 이것 때문에 연락한 거였군.

그렇기에 대한은 얼른 생각 정리를 시작했다.

'내가 여기서 심사한다고 갑자기 빠지면 인사과랑 본부 중대 둘 다 비는 거잖아?'

아무리 장군이 부른다고 해도 좀 그랬다.

아니, 불가능한 일이었다.

대한이 조심스럽게 답했다.

"예, 그렇습니다. 인사과장으로 있어도 가기 곤란할 것 같은데 겸직하고 있어서 더 곤란할 것 같습니다."

—그래? 그럼 어쩔 수 없네. 그럼 좀 더 천천히 하지 뭐. 동

원 끝나고 부를 테니까 재밌는 이야기 많이 가지고 오너라.

쓰읍.

바쁘면 심사에서 제외시켜 버릴 줄 알았는데 아예 일정을 3주나 미뤄 버리네.

아마 군의 그 누구도 중위 하나 때문에 국방부 일정이 밀린다고는 상상도 못 하겠지.

그래서 기분은 좋았다.

그만큼 추지훈이 자신을 인정해 주고 있다는 뜻이었으니까.

"예, 재미있는 이야기 최대한 많이 듣고 가겠습니다."

ㅡ기대하마. 문자로 동원 훈련 언제 끝나는지 보내 놓거라, 일정 맞춰서 부르마.

"이상이십니까?"

ㅡ어, 이상이다.

"예, 알겠습니다. 좋은 하루 되십쇼, 충성!"

ㅡ김 중위도 좋은 하루 보내라.

전화를 끊은 대한은 폰으로 라디오 사연을 뒤지기 시작했다.

'썰 푸는 데는 라디오 사연 짜깁기만 한 게 없지.'

대한이 빠르게 라디오 베스트 사연들을 종합하기 시작했다.

✱

6월 마지막 날.

대한은 아침 일찍부터 인사과로 출근해 선배들 전역을 준비하고 있었다.

대대에서 할 건 별로 없었다.

단에서 이원영에게 전역 신고를 할 때 박희재를 모셔 가는 것이 전부였으니까.

대한이 준비하는 건 전역자들에게 줄 선물들이었다.

'하여튼 그 양반이 이런 건 또 잘 챙겨요.'

박희재는 개인 사비를 털어 전역자들에게 줄 볼펜을 제작했다.

볼펜에는 부대와 전역자들의 관등성명이 들어가 있었는데 사회에 나가서도 군대에 있었던 즐거운 기억을 떠올리란 의미에서 제작한 것이었다.

그렇기에 박희재가 참 존경스러웠다.

이런 건 단순히 돈이 많다고 떠올릴 수 있는 게 아니었으니까.

이윽고 짐을 모두 챙긴 대한이 대대장실로 향했다.

"충성! 편히 쉬셨습니까?"

"그래, 대한이도 잘 쉬었고?"

"예, 푹 잤습니다."

"이제 선배들 보내 주면 대한이도 선배 되겠네."

"하하, 예. 그렇습니다."

박희재는 복장을 점검하고는 대한에게 다가왔다.

그러고는 주머니에서 작은 상자 하나를 꺼냈다.

전역자 선물이라 생각한 대한이 서둘러 짐을 받아 들려고 했으나 상자를 쏙 빼며 말했다.

"아직 준다는 말도 안 했는데 벌써부터 받아 가려고 그러냐?"

"예? 전역자들 주실 거 아닙니까?"

"전역자들 건 네가 다 가지고 있잖아. 이건 네 거야."

"······예?"

대한은 갑작스러운 선물에 당황했으나 이내 자세를 바로 했다.

그 모습에 박희재가 대한의 옷을 정리해 주며 입을 열었다.

"집에 가는 놈들 선물 챙기다 보니 아끼는 놈도 하나 생각이 나길래 따로 하나 준비했다. 겸직 잘해 내라는 응원의 선물이니까 앞으로 1년간 한번 잘 해 봐, 알겠어?"

"예, 실망시켜 드리지 않겠습니다!"

"그래, 믿는다."

"중위 김대한! 감사합니다!"

박희재는 대한에게 상자를 건네며 대한의 어깨를 두드려 주었다.

대한은 상자를 받아 들고는 조심스럽게 물었다.

"대대장님 혹시 여기서 열어 봐도 되겠습니까?"

"하하, 궁금하지? 그래, 열어 봐."

"감사합니다."

대한은 상자의 포장을 최대한 조심스럽게 뜯었고 상자 안에는 전역자들이 받을 볼펜과는 다르게 생긴 아주 고급스러워 보이는 볼펜이 하나 들어 있었다.

"전역자들한테 주는 것보다 훨씬 비싼 거니까 잃어버리면 혼날 줄 알아."

"예. 절대 안 잃어버리겠습니다."

뭉클했다.

제작하는 김에 똑같은 거 하나 더 만든 건 줄 알았는데 일부러 따로, 그것도 더 좋은 걸로 준비해 주시다니.

대한은 볼펜을 꺼내 살폈고 대한민국 육군이라는 단어와 함께 각인된 관등성명을 볼 수 있었다.

그런데…… 계급이 좀 이상했다.

"저…… 대대장님? 대장 김대한은 뭡니까?"

"그 계급 못 찍고 전역하면 내 얼굴 볼 생각도 하지 마, 알겠어?"

"저 공병인데…….."

"무슨 상관이야, 내가 밀어주는 놈이면 적어도 대장은 달고 나와야지. 어떻게든 올라가. 어떻게든. 원래 꿈은 크게 가지라고 하잖아?"

말을 마친 박희재는 대한의 가슴을 툭 치고는 대대장실을 벗어났다.

대한은 그 말에 잠시 멍하니 서 있었다.

'대장 김대한……'

그래.

꿈은 크게 가지라고 했지.

초등학생 때 하버드쯤은 꿈꿔야 고삼이 되서 인서울은 할 수 있는 법이니까.

대한은 가슴에 박희재의 볼펜을 꽂아 넣은 뒤 얼른 짐을 챙겨 박희재를 따라나섰다.

그리고 잠시 뒤, 단에서 본격적인 전역식이 시작되었다.

이원영은 전역자들에게 일일이 선물을 쥐어 주며 덕담을 해 주었다.

특히 전역 전 취업에 성공한 백종우와 안유빈에게는 사회에 나가서 장교 출신으로서 모범이 되라는 말을 해 주었고 차현수를 비롯한 아직 취업을 준비 중인 이들에게는 응원과 용기를 불어넣어 주었다.

'보기 좋네.'

꽤 많은 전역식을 봤지만 왠지 이번 전역식이 가장 따뜻하게 느껴졌다.

안유빈도 비슷한 생각이었는지 마지막으로 이원영과 포옹할 땐 눈물까지 살짝 보였다.

대한은 선배들과 가볍게 인사한 후 반드시 연락하겠다고 약속하는 것도 잊지 않았다.

빈말이 아니었다.

도움이 될 인맥임을 떠나 전생에선 쌓지 못한 친분들을 이번 생에선 쌓았다.

그러니 최대한 그 인연을 오래 가지고 가고 싶었다.

대한은 선배들을 마지막까지 배웅해 준 뒤 막사로 복귀했다.

선배들이 떠난 건 떠난 것이고 남은 사람은 일에 바로 집중을 해야 했으니까.

'동원 훈련만 아니었어도 여유가 좀 있는 건데.'

일정이 빡빡했다.

대한은 우선 인사과 테이블에 잔뜩 쌓인 동원 관련 자료들부터 하나씩 확인했다.

이미 아는 자료들이었지만 마냥 놀고 있을 수만은 없으니 확인 차원에서였다.

그렇게 자료 확인하기를 한참, 제 업무를 하던 남승수가 고개를 들어 대한을 유심히 보더니 고개를 모로 기울였다.

"과장님, 작년에 동원 훈련 한 거 다 기억나십니까?"

"예, 기억나죠."

"아무리 그래도 그렇지, 어째 도와달란 소리 한 번이 없으시네."

남승수는 대한이 당연히 도와달라고 할 줄 알았다.

아님 하다못해 뭐라도 물어보거나.

당연했다.

남승수가 보기에 대한은 이제 막 인사과장이 된 초짜 참모였으니까.

하지만 대한의 진짜 정체를 그가 어찌 알까?

남승수의 관심에 대한이 미소를 지으며 말했다.

"인사과장 업무인데 잘해야죠."

그 말에 남승수는 대한을 빤히 쳐다보더니 이내 피식 웃으며 말했다.

"아주 바람직한 장교십니다."

저 말이 참 당연한 건데 그동안 왜 그렇게 듣기 힘들었는지.

그래서일까?

남승수는 대한이 점점 더 좋아졌다.

이윽고 확인 작업을 마친 대한이 물었다.

"담당관님은 뭐 도움 필요하신 거 없으십니까? 저 이제 확인 끝나서 여유 있습니다."

"하하, 제가 확실히 군 생활을 오래하긴 했나 봅니다. 아직 인사과장 1일 차도 안 된 과장님한테 도움받을 수 있는 기회가 다 오다니."

"후후, 자주 오는 기회가 아닙니다. 다시 안 올 수도 있으니까 제대로 잡으십쇼."

"하하, 제 일은 제가 알아서 하겠습니다. 그럼 과장님은 본부 중대나 다녀오시죠. 내일 인도 인접 끝나면 정신없으실 텐데 미리 준비하셔야 하지 않습니까?"

그 말에 대한이 한쪽 입꼬리를 올리며 말했다.

"그 문제라면 이미 해결했습니다."

"해결요?"

"예, 거기 보급관님이랑 합의를 봤거든요. 저는 병력 관리에 집중하고 보급관님은 중대 업무에 집중하기로. 아, 참고로 이건 본부 중대 보급관님이 먼저 제안하신 겁니다."

"허…… 볼수록 참 신기한 분이시네."

"칭찬이죠?"

"듣고 싶은 대로 들으시면 됩니다."

"칭찬이네. 그럼 감사히 듣겠습니다. 그런 의미에서 혹시 다음 주 일정에 반영해야 할 거 있습니까?"

"주간 일정표 보시는 겁니까?"

"예, 그렇습니다."

"다음 주는 추가할 거 없습니다."

"그래도 추가할 거 있으면 바로 말씀해 주십쇼. 바로바로 반영시켜 놓겠습니다. 그리고 2주 뒤나 3주 뒤에 일정도 파악되시면 미리 말씀해 주십쇼. 보고할 거 바로 만들어 놓을 테니까."

"……?"

대한의 말에 남승수는 순간 할 말을 잃었다.

저게 진짜 하루도 안 된 인사과장이라고?

그러나 이건 시작에 불과했다.

대한은 재빠르게 업무들을 쳐내려갔고 매주 대대장에게 각 과들의 업무를 보고하는 지휘 보고까지 완벽하게 완성하는 기염을 토해 냈다.

업무를 마친 대한이 의자에 몸을 기대자 남승수가 질린다는 표정으로 말했다.

"벌써 다 끝내셨습니까?"

"예, 이제 한 3주 정돈 여유가 있을 것 같습니다."

있다면 갑자기 처리해야 될 것들 정도뿐이겠지.

하지만 그런 건 남승수 선에서 해결될 문제.

'이 맛에 참모하는 거지.'

참모직은 성실하게 일처리만 잘 해 놓으면 그 누구보다 편한 자리였다.

물론 변수라는 게 존재하긴 하지만 적어도 회귀자인 대한에게 만큼은 한동안 적용되지 않을 말이었다.

대한은 저번 생에 누려 보지 못했던 참모로서의 여유를 이번 생에 확실하게 누려 볼 생각이었다.

✳

동원 훈련 주 월요일.

점심시간이 끝나자마자 박희재가 내일 있을 동원 훈련 최종 점검을 실시했다.

이번 점검은 작년처럼 빡세지 않았다.

이번에는 평가관이 없었기 때문이다.

'매년 오면 반칙이지.'

박희재는 산책 나온 사람처럼 여유롭게 미소를 지으며 각 중대가 준비한 것들을 검사하기 시작했다.

그리고 이제 포지션이 바뀐 대한은 수첩을 들고 박희재의 옆을 따라다니며 박희재가 말하는 것들을 적을 준비를 했고.

하지만 수첩에 적은 것은 하나도 없었다.

당장 평가관이 오던 작년에도 딱히 박희재가 나서서 수정한 것은 없었다.

중대의 보급관들을 믿었고 그 결과는 완벽했으니까.

검사를 마친 박희재가 흡족한 표정으로 말했다.

"다들 잘 준비했네. 이번에는 평가관 없으니까 좀 여유롭게 가자고. 중대장들은 훈련하면서 부상자 발생 안 하도록 최대한 신경 쓰고. 알겠나?"

"예, 알겠습니다!"

"참모들은 중간중간 보고 들어오는 거 놓치지 말고 잘 대응하고. 특히 인사과, 혹시라도 상급 부대에서 나온다고 하면 바로 말해야 한다, 알지?"

대한이 중대장들 대답에 이어 다시 한번 더 대답했다.

대한은 겸직이었으니까.

"예, 알겠습니다!"

그러자 박희재를 비롯한 간부들이 웃음을 터트렸다.

박희재가 웃으며 말했다.

"크큭, 정말 자신 있냐?"

"예, 완벽하게 준비했습니다."

"그럼 됐어. 동원 훈련만 잘하면 돼. 다른 건 걱정도 안 해."

동원 훈련이 제일 고비니까.

대한이 미소를 지으며 말했다.

"예, 알겠습니다."

"좋아, 그럼 점검할 거 있으면 마저 점검들 하고 중대장들은 점검 끝나는 대로 나한테 보고해. 끝나는 대로 일찍 퇴근시켜 줄 테니까. 이제 얼굴 비추기도 한동안 힘들 텐데 얼른 들어가서 가족들이랑 시간 보내야지."

"예, 알겠습니다!"

간부들은 조기 퇴근을 위해 재빠르게 움직이기 시작했다.

대한과 남승수도 마찬가지였다.

그때 남승수가 다가와 물었다.

"오늘 집에 가십니까?"

"저는 이번 주 주말에 가려고 합니다."

"부대에 계실 거면 저희 집에서 저녁이나 같이 드시겠습니까?"

"그래도 됩니까? 제가 가족들과의 시간 방해하는 거 아닙니까?"

"방해는 무슨…… 그럼 오는 것으로 알고 있겠습니다."

부사관들이 정이 많다더니.

친해지고 나니 남승수도 참 괜찮은 사람이었다.

그렇게 다시 정리를 하던 중 남승수가 물었다.

"근데 술은 뭐 좋아하십니까?"

"……저희 술도 먹습니까?"

"그럼 제가 왜 부르겠습니까?"

"아…….."

순간 고종민의 말이 생각났다.

대한이 고개를 끄덕이며 말했다.

"그것도 그러네. 그냥 담당관님 좋아하는 걸로 드시죠. 전 주종 안 가립니다."

"알겠습니다."

아무래도 내일 출근은 남승수와 같이할 것 같군.

그래도 기분이 퍽 나쁘지 않았다.

도리어 전생에선 이런 경험을 잘해 보지 못한 터라 이제야 느껴지는 동료애가 마냥 즐겁게만 느껴졌다.

'이러다 술맛을 알게 되는 건가?'

전생에선 술자리가 그렇게 싫었는데 이젠 어른들이 왜 술자리를 좋아하는지 알 것도 같았다.

인사과 정리를 마친 대한은 얼른 본부 중대로 뛰어갔다.

Chapter 5

그러나 본부 중대에 도착했을 땐 이미 중대원들이 정리를 거의 끝내 놓은 상태였다.

대한이 진홍길에게 미안하다는 듯 말했다.

"죄송합니다, 보급관님. 인사과 물자 정리한다고 늦었습니다."

"에이, 애들 보는 앞에서 뭔 사과를 하고 그러십니까. 이런 건 제가 다 한다고 하지 않았습니까. 중대장님은 중대장님이 맡으신 것만 잘 해 주십쇼."

"하하, 예, 알겠습니다."

그때, 진홍길이 대한에게 슬쩍 다가와 대한의 옆구리를 찌르며 말했다.

"홍식이 보이십니까? 중대장님 덕분에 아주 쓸 만한 일꾼이 되었습니다. 딱 이렇게만 만들어 주시면 저도 할 일 확 주니까 정말로 신경 쓰지 마십쇼."

정말이었다.

김홍식 특유의 왜소한 외형은 그대로였지만 이젠 중대원들과 소통하며 같이 일을 하는 모습에 뿌듯함이 밀려왔다.

'이 맛에 사람 개조하는 거지.'

고작 승부 조작 몇 번으로 한 사람의 성격이 바뀌었는데 그깟 태클이 대수랴.

게다가 간부로 월급 받고 사는데 이 정도는 당연히 해야 할 일이라고 생각했다.

대한은 진홍길과 주먹 인사를 나누고는 대대장실로 향했다.

그리고 문 앞에 서서 잠시 망설였다.

'근데…… 난 이제 뭐라고 말해야 되지?'

보통 직책을 말하면서 누군지 알리는데 대한은 현재 겸직인 상황.

전투복에 견장이 달려 있으니 본부 중대장이라고 해야 하나?

고민을 하던 대한은 선택지를 정한 뒤 문을 두드렸다.

"대대장님, 김대한 중위입니다."

"어, 들어와."

박희재는 이미 퇴근 준비를 마치고 중대장들을 기다리고 있었다.

"충성!"

"뭐야, 벌써 끝나서 보고하러 온 거야?"

박희재는 시간을 확인하고는 놀라며 재차 말했다.

"이야, 다른 사람도 아니고 대한이 네가 제일 먼저 올 거라곤 전혀 생각도 못 했네. 인사과랑 본부 중대 둘 다 마무리하고 온 거냐?"

"예, 그렇습니다."

"진짜? 검사해 본다?"

"하하, 바로 모시겠습니다."

"……진짠가 보네. 에잇, 재미없는 놈. 근데 네가 두 개를 끝내는 동안 다른 중대는 대체 뭘 하고 있는 거야?"

어어.

갑자기 불똥이 왜 그리 튀지?

불똥이 다른 곳으로 튀려고 하자 대한이 재빠르게 막아섰다.

"제가 두 군데를 관리하기는 하지만 총량을 따져 보면 중대 하나 물자보다 적습니다. 그래서 일찍 끝낼 수 있었던 것 같습니다."

"흠, 그것도 그렇지. 고생했다. 퇴근 준비해라."

"예, 대대장님도 고생 많으셨습니다."

"그래. 아참, 대한아."

"예, 대대장님."

"남 중사랑은 잘 지내지?"

박희재는 남승수에 대한 걱정이 아직 남아 있는 것 같았다.

그 말에 대한이 미소를 지으며 말했다.

"예, 안 그래도 오늘도 남 중사 집 가서 같이 저녁 먹으면서 술 한잔하기로 했습니다."

"아, 그으래?"

"예, 걱정 안 하셔도 될 것 같습니다. 손발도 잘 맞고 무엇보다 일을 잘해서 너무 좋습니다."

"하하, 그래. 그렇다니 마음이 놓이는구나. 남 중사 집 가서 가족들 곤란하게 하지 말고 뭐라도 사 들고 가. 근데 '오늘도'라니? 벌써 이미 한번 다녀온 거야?"

"네, 그렇게 됐습니다."

"역시 넌…… 그래, 잘 쉬고 내일 훈련 잘해 보자."

대한은 박희재에게 우렁차게 경례를 한 뒤 인사과로 향했다.

그리고 자리를 정리 중인 남승수에게 말했다.

"대대장님께 보고드리고 왔습니다. 다른 중대들은 아직 마무리가 안 되어서 정리되는 대로 퇴근하라고 알려 주실 것 같습니다."

"알겠습니다."

"그럼 저 몇 시까지 가면 되겠습니까?"

"일찍 퇴근하니까 퇴근 시간 차 안 막힐 때 출발하십쇼. 와이프가 이미 저녁은 준비 중이랍니다."

그 말에 대한이 시계를 확인하며 말했다.

"……아직 3시인데 벌써부터 준비하십니까?"

"손님 오는 데 미리미리 준비해야죠."

"아니, 이건 제가 너무 부담드리는 것 같은데…….."

"절대 아닙니다."

"……알겠습니다."

흠흠.

본인이 그렇다는데 뭐.

그리고 남승수 성격상 빈말은 못 하니 정말일 가능성이 높았다.

이윽고 남승수는 마저 자리 정리를 시작했고 대한은 새로 온 공문이 있나 확인을 시작했다.

그때, 작전사 홈페이지에 새로운 팝업이 떠올라 있었다.

"어? 소령 발표 났습니다."

"저희 부대에도 대상자가 있습니까?"

"대상자…… 한 명 있긴 합니다."

대한은 궁금함에 서둘러 명단을 확인했다.

그리고 파일에 떡하니 박혀 있는 이름 하나를 발견할 수 있었다.

"현 대위님 진급하셨네."

"현 대위님이면 단 작전장교님 말씀이십니까?"

"예, 이번이 2차인데 진급하셨습니다."

진급 확인을 마친 대한이 서둘러 전화를 들었다.

그리고 단 교육장교 번호를 눌렀다.

신호음이 갔고 익숙한 목소리가 들려왔다.

윤지호였다.

—무슨 일이야.

"지호야, 소령 발표 났다."

—아, 났어?

"아직 확인 못 하셨나 보네?"

—어, 다들 동원 훈련 준비 중이셔.

"가서 작전장교님한테 진급 축하드린다고 말씀드려."

—고맙다, 대한아.

대한은 윤지호에게 점수를 딸 수 있는 기회를 주었다.

윤지호가 대대에서 단으로 도망가듯 올라간 이유를 모르는 간부들이 없었다.

군대의 소문은 굉장히 빠른 편이었으니까.

그래서 이번 기회에 점수 좀 따라고 미리 일러준 것.

'교육이랑도 일 겹치는 부분이 좀 있는데 지호가 일을 못 하면 내가 곤란해지니까.'

상급 부대인 단은 직책이 세분화가 되어 있지만 대대는 그렇지 않았다.

인사가 만사라고 대대에선 거의 모든 잡무들을 인사과장이 처리해야 했다.

그런데 안 그래도 정신없는 곳인데 지시를 내리는 상급 부대에서 일을 못 한다?

업무 난이도를 높이는 큰 요소 중 하나였다.

'뭐, 이런 이유가 아니더라도 순수하게 도와주고 싶은 마음이 더 크긴 했지만.'

대한은 이어 현정국의 진급 사실을 다른 간부들에게도 알렸다.

이런 소식통 역할을 하는 게 대한의 일이었고 소식을 들은 간부들 모두 대한을 칭찬했다.

이윽고 전화를 모두 돌려 경사를 알린 대한은 막사를 벗어나 단 흡연장으로 향했다.

지금쯤이면 현정국이 거기 있을 것 같아서였다.

아니나 다를까, 단 흡연장에는 어깨가 잔뜩 올라간 현정국이 위풍당당하게 흡연을 하고 있었다.

대한이 현정국에게 다가가 말했다.

"현 소령님, 진급 축하드립니다."

"하하, 고맙다. 대한아."

현정국은 대한에게 어깨동무를 하며 기쁨을 표했고 대한은 현정국의 장단에 맞춰 주었다.

자리에는 현정국에게 가장 먼저 진급 사실을 알린 윤지호도 위치해 있었는데 대한을 본 윤지호가 대한만 볼 수 있게 조용히 엄지를 치켜들었다.

'잘해, 자식아.'

대한도 윤지호를 향해 미소를 보였다.

그리고 본격적으로 현정국을 띄워 주기 위해 입을 열기 시작했다.

"전 진급은 다 전방에서 하는 줄 알았습니다. 현 소령님이 자력이 좋긴 좋으신가 봅니다."

"후방에도 대장이 있는데 진급하는 데 전후방이 뭐가 그리 중요하겠냐. 다 사람 능력에 맞춰서 진급하는 거지. 내가 봤을 땐 너도 후방에서 진급할 것 같다."

"하하, 제가 현 소령님만큼 할 수 있을지 모르겠습니다."

"야, 충분해. 내 초임 장교 시절보다 네가 훨씬 더 잘해."

얼레?

이 양반이 어쩐 일로 이런 칭찬을 다 하는 거지?

진급했다고 벌써 사람이 바뀌는 건가?

이제 보니 현정국의 표정도 좀 바뀐 것 같았다.

항상 독기가 있는 얼굴이었는데 발표를 들은 지 얼마나 되었다고 그새 한결 밝아져 있었다.

톤 자체가 맑아졌다고 해야 하나?

이해는 됐다.

육사 출신이 아니라면 대위에서 소령 구간이 가장 스트레스인 법이니까.

'이 양반도 이제 연금받겠네.'

연금.

전생의 대한이 참 받고 싶었던 것 중에 하나.

그래서 대한은 현정국을 진심으로 축하해 주었고 현정국도 어깨가 올라간 만큼 후배들을 위한 조언 아닌 조언을 대방출하기 시작했다.

"야, 대한아. 그런 의미에서 너 잘하고 있는 건 알고 있는데 항상 방심하지 말고 누가 안 보더라도 꾸준히 열심히 해야 해. 알겠지?"

"예, 명심하겠습니다."

"아니야, 넌 좀 제대로 들을 필요가 있어. 넌 내 어릴 때를 보는 것 같거든."

어휴.

이 양반 또 선 넘기 시작하네.

괜히 축하해 줬나?

그렇게 대한은 잠시 얼굴 비추러 왔다가 장장 반시간을 붙잡혀 현정국의 라떼 이야기를 들어야만 했다.

그래도 전과 달리 다행인 점이라면 말투가 상당히 유들유들해졌다는 것.

이윽고 라떼 이야기를 모두 듣고 막사로 복귀하던 길, 대한은 그제야 질문거리 하나를 빼먹었단 걸 떠올렸다.

'아, 다음 보직 어디 가는지 물어봤어야 했는데.'

소령이 된다고 바로 교육과정으로 들어가는 것이 아니었다.

보직을 하나 더 해결하고 갈 수도 있었기에 단에 남아 있는 경우도 있었다.

그렇다면 현정국이 갈 자리는 하나뿐이었다.

'단 지원과장 자리뿐이지.'

단 인사장교의 직속상관.

대한이 단으로 올라가면 직속상관으로 현정국을 만날 수도 있다는 것.

만약 그렇게 된다면 미래 계획을 다시 짜야 할 수도 있었다.

소령 진급으로 사람 자체가 좀 좋아지긴 했으나 이것도 진급 버프가 끝나면 어떻게 변할지 몰랐으니까.

대한은 기도하며 막사로 복귀했고 복귀와 동시에 박희재의 퇴근하라는 명령을 수행했다.

✳

대한은 조기 퇴근을 한 뒤 숙소에서 쉬다가 남승수의 집으로 향했다.

남승수의 아내가 준비한 저녁은 그야말로 진수성찬이었다.

남승수의 딸도 대한이 익숙해졌는지 대한에게 가까이 다가왔고 대한은 남승수의 집에서 즐거운 시간을 보낼 수 있었다.

당연히 술도 마셨다.

그런데 폭음할 줄 알았던 술자리는 의외로 빨리 끝났는데 그도 그럴 게 다음 날 업무에 지장이 가면 안 된다며 취하기 전에 알아서 남승수가 절주를 한 것.

그뿐이랴?

절주를 했음에도 술을 깨고 자야 한다며 대한과 가족들을 데리고 동네를 한 바퀴 산책했다.

대한은 그런 남승수의 행동들을 보며 더더욱 그가 마음에 들었다.

'이런 사람은 절대로 사고 칠 사람이 아니야.'

세상에 영원한 건 없고 절대도 없다지만 적어도 대한이 본 남승수는 나쁜 사람처럼 보이지 않았다.

그는 남들한테만 엄격한 것이 아니라 본인에게도 엄격한 사람이었으니까.

그렇게 다음날 함께 출근한 두 사람은 인사과로 들어가자마자 순식간에 업무에 집중하기 시작했다.

그리고 부대에서 가장 먼저 동원 훈련 준비를 끝마치는데 성공했다.

'역시 일 잘하는 사람이랑 일해야 일할 맛이 나.'

전생엔 파트너들을 잘못 만나 얼마나 고생을 했던가?

대한은 깔끔한 호흡에 만족하며 군장을 착용했다.

첫날은 사격.

그래서 다행이었다.

사격은 대한이 따라다닐 필요가 없었으니까.

문제는 둘째 날부터였다.

둘째 날부터는 대한이 직접 지휘소 구축을 통제해야 했으니까.

그나마 다행인 건 수년간의 참모 생활을 하며 수도 없이 지휘소를 구축해 봤다는 것.

예비군 훈련에서 통제 간부가 제대로 할 줄 모른다?

훈련이 개판 되는 건 시간문제였다.

대한은 혹시 몰라 수첩에 지휘소 구축에 관한 내용을 적어 놓았고 복습까지 미리 한번 마쳤다.

그리고 잠시 뒤, 다른 중대들도 인도 인접 준비를 마쳤고 이내 예비군들이 하나둘씩 들어오기 시작했다.

본격적인 동원 훈련이 시작된 것이다.

대한은 입영하는 사람들을 보며 고개를 끄덕였다.

생각보다 익숙한 얼굴들이 많아서였다.

다만 아쉬운 점이 하나 있다면 전부 다 1중대라는 것.

본부 중대에는 거의 모든 인원들이 초면이었다.

'뭐, 어쩔 수 없나.'

그래도 다행인 점이라면 진홍길이 말하길 작년 동원 훈련 동안 통제가 안 되었던 예비군은 없었다고 했다.

진상도 딱히 없다고 했고.

하지만 그건 작년의 이야기였다.

예비군들은 슈뢰딩거의 고양이와 같아서 직접 관측하기 전까진 모든 게 다 랜덤인 사람들이었다.

대한은 긴장을 늦추지 않고 본부 중대로 가는 예비군들을 눈여겨보았다.

그렇게 오전 내내 인도 인접을 진행한 뒤 대한이 서둘러 인사과 물자를 정리했다.

"담당관님, 저 투잡 뛰고 오겠습니다."

"예, 다녀오십쇼."

"혹시 무슨 일 있으면 바로 전화 주십쇼. 당장 달려오겠습니다."

남승수가 웃으며 고개를 끄덕였고 대한이 서둘러 본부 중대로 이동했다.

그런 다음 진홍길이 예비군들을 모아 놓은 다목적실로 가 예비군들에게 인사했다.

"안녕하십니까. 본부 중대장 중위 김대한입니다. 2박 3일 동안 같이 훈련을 진행할 텐데 통제 잘 따라 주시면 자유 시간 화끈하게 부여하겠습니다."

대한의 말에도 반응이 미적지근했다.

예상했던 반응이었다.

지금 이들에겐 퇴소 이외의 말은 귀에 들어오지도 않을 것이리라.

대한은 벌써부터 졸고 있는 예비군들을 보며 조용히 한숨을 삼켰다.

'험난한 하루가 예상되는구만.'

대한은 예비군들을 이끌고 식당으로 이동했다.

식당에는 이영훈이 먼저 와 배식을 기다리는 중이었는데 대한을 본 이영훈이 조용히 손짓해 대한을 불렀다.

그러더니 조용히 목소리를 낮추며 속삭였다.

"대한아, 그냥 너 다시 소대장 하면 안 되냐?"

"왜 그러십니까?"

"너 없어지고 나니까 네가 얼마나 큰 존재였는지 뼈저리게 느끼는 중이다."

"하하, 제 소중함을 이제야 아시다니. 무슨 일 있으셨습니까?"

"나 너무 힘들다. 너도 없고 종우도 없는데 있는 거라곤 신입 소위 두 명뿐이다. 흑흑, 대한아 다시 와서 소대장 해 주라."

장난처럼 한 우는 소리지만 거의 진심이긴 했다.

실제로 이영훈은 홀로 분투 중이었으니까.

하나 백종우는 이미 전역했고 대한은 본부 중대장이자 인사과장이 됐다.

대한이 한쪽 입꼬리를 올리며 말했다.

"이번 기회에 제 소중함을 듬뿍 맛보시는 것도 좋을 것 같습니다."

"이미 충분히 배가 터지도록 맛봤어, 그러니까 이제 돌아와 주라."

"후후, 다음에 놀러나 한번 가겠습니다."

그렇게 이영훈과 헤어진 대한은 다시 본부 중대로 복귀한 후 본부 중대 예비군들에게 말했다.

　"주목해 주시기 바랍니다. 저희 중대가 사격 첫 번째 순서입니다. 식사를 마친 예비군분들께서는 식당 뒤에 보이는 강당으로 바로 이동해 주시면 됩니다."

　"예예."

　늘어지는 대답.

　그래, 대답 안 하는 것보다야 훨씬 낫지.

　그때, 한 예비군이 손을 들었다.

　"저 귀가 안 좋아서 사격 못 하는데 사격 좀 빼 주십쇼."

　그래.

　꼭 한두 명씩 있지.

　귀가 안 좋다며 사격을 빼는 사람.

　사격을 빼주는 것 자체는 별로 어려운 일이 아니었다.

　다만 학생 예비군도 아니고 이런 동원 훈련에서 저런 식으로 스타트를 끊으면 우르르 열외자가 발생한다.

　'전부 다 경험에서 나오는 바이브지.'

　대한이 손을 든 예비군에게 물었다.

　"진단서 있으십니까?"

　"아뇨, 없는데요."

　"그럼 열외 불가능하십니다."

　"아니, 진짜 아프다니까요?"

예비군은 대한에게 짜증을 냈고 대한이 예비군을 불러냈다. 그리고 그가 질질 끌고 다니던 총기를 뺏어 들었다.

총기를 빼앗긴 예비군은 당황한 표정으로 대한을 바라봤고 대한이 인솔 병사에게 총을 건네며 말했다.

"그럼 퇴소하시고 건강한 상태로 다시 예비군 훈련하러 오시면 됩니다."

진짜로 아프다면 애초에 예비군 훈련에 오면 안 되었다.

그리고 정 몸이 불편했다면 진단서 정도는 가져오는 성의를 보여야 할 것 아닌가.

'너만 귀찮은 줄 알지? 나도 귀찮고 다른 사람들도 다 귀찮아.'

대한의 강경한 모습에 그는 당황하기 시작했고 대한은 여전히 아랑곳 않고 총기를 받아 든 병사에게 말했다.

"보급관님 가져다드려. 내가 그 총기 주인 퇴소 절차 밟으라 했다고 말씀드리면 알아서 해 주실 거야."

"예, 알겠습니다!"

명령을 받은 병사가 자리를 뜨려는 순간, 어쩔 줄 몰라 하던 예비군이 외쳤다.

"야, 잠깐 멈춰!"

주변인들이 다 쳐다볼 정도로 큰소리였음에도 불구하고 병사는 뒤도 돌아보지 않고 발걸음을 옮겼다.

그래.

잘하네.

혹여나 뒤를 돌아봤으면 아쉬울 뻔했다.

그러나 명령받은 병사는 눈치가 제법으로 대한의 명령 외엔 절대로 들을 생각이 없었다.

'본부 중대 인수인계 기간에 빨리 친해져서 다행이다.'

모든 건 다 대한의 노력이었다.

함께 같이 매일 축구를 하고 축구가 끝나면 외부 음식도 사주고.

그러다 보니 그 옛날 대한이 소대장으로 있던 소대처럼 본부 중대도 대한의 스타일에 녹아든 것.

병사가 거리낌 없이 발걸음을 옮기자 그것을 본 예비군이 헛웃음을 터뜨리며 말했다.

"아니, 민간인한테 이래도 돼? 아프다는 데 너무한 거 아냐? 딴 것도 아니고 고작 사격 열외 한 번인데?"

한 번은 무슨.

이게 시작일지 누가 알아?

대한이 단호하게 말했다.

"군 생활 안 해 보셨습니까? 여기 민간인이 어디 있습니까? 다 군인들뿐인데."

"예비군들이 다 민간인이잖아."

"민간인이 군 부대에 어떻게 들어옵니까? 지금 뭐 부대개방 행사 하는 줄 아십니까?"

대한의 말에 구경을 하던 예비군들에게서 웃음이 터져 나왔다.

대한에게 따지던 예비군은 그들의 웃음을 듣곤 얼굴이 벌겋게 달아올랐다.

그리고 그 부끄러움은 곧 분노가 되었다.

"시발, 좋게 지내려고 했는데 이거 다 네가 자초한 거다. 내가 훈련 내내 어떻게 하나 한번 두고 봐라."

"아직 상황 파악이 덜 되신 건가? 당신 방금 총 반납했어. 아프다며? 그럼 집에 가야지? 훈련은 무슨 훈련?"

어딜 은근슬쩍 넘어가려고.

그 말에 얼굴이 벌게진 예비군이 소리쳤다.

"그래, 씨발련아! 간다, 가! 개 같은 거. 내가 나가서 어떻게 하나 봐라. 김대한 중위? 이름 딱 외워 놨다."

"민원이라도 넣으려고?"

"그래, 내가 어떤 사람인지 제대로 알려 줄게."

그렇게 말하면 겁이라도 먹을 줄 알았나?

그저 웃음만 나올 뿐이었다.

대한이 예비군에게 말했다.

"당신 예비군법이라고 알아?"

"뭐?"

"모르면 나가서 예비군법 한번 잘 찾아봐. 훈련을 정당한 사유 없이 받지 아니한 사람은 징역 살 수도 있어."

"참나, 예비군 훈련 와서 무슨 징역이야? 개소리도 적당히 해."

"난 분명히 경고했어. 민원 들어오는 순간 내 얼굴 다시 보게 될 거야. 그리고 그땐 범죄자가 되어 있을 거라고 장담한다. 당신은 진단서도 없이 훈련을 안 받으려고 했고 지금도 나한테 무례하게 굴고 있잖아. 내가 당신 같은 사람들을 어디 하루 이틀 본 줄 아나 보지?"

대한의 경고에 예비군의 표정이 순간 굳었다.

벌겋게 달아오른 얼굴도 색이 조금 연해졌다.

뒤늦게 사태 파악이 되며 피가 돌기 시작한 것.

하지만 남자는 자존심 빼면 시체라고 이제 와서 사과할 수도 없고 말없이 퇴소하기 위해 막사로 발걸음을 옮겼다.

그래.

그렇게라도 가라.

분위기 흐리는 것보다야 백배 낫지.

아니, 어쩌면 네 덕분에 이번 훈련은 무난하게 끝날지도 모른다.

일벌백계라는 말이 있었으니까.

아니나 다를까, 이름 모를 예비군의 퇴소에 밥을 먹던 주변 예비군들이 수군거리기 시작했다.

"쯧쯧, 그냥 훈련 좀 받고 말지. 괜히 자존심 세워 가지고……."

"군 생활은 어떻게 했나 몰라."

"근데 중대장 아저씨 빡세네, 중위인데 왜 저렇게 빡세냐."

"육사 출신인가."

"아무리 육사 출신이라도 지금 시기면 보직 교체하고 바로 아닌가? 본부 중대장도 두 번씩 하고 그러나?"

그들의 수군거림을 들은 대한은 뿌듯한 표정을 지었다.

아무래도 이번 훈련은 무난하게 진행될 것으로 예상됐으니.

그렇게 얼마 뒤, 식사를 하던 중 박희재로부터 전화가 왔다.

"예, 충성. 대대장님 전화 받았습니다."

ㅡ대한아. 이 예비군 네가 나가라고 했냐?

"아, 제가 나가라고 했답니까?"

ㅡ갑자기 찾아와서 나한테 따지고 있네. 부하들 교육 어떻게 시켰냐고.

이 자식 봐라?

나한테 안 되니까 다이렉트로 대대장님한테 가서 개소리를 해?

대한이 한숨을 삼키며 말했다.

"죄송합니다, 대대장님. 제가 확실히 처리를 못 한 것 같습니다. 당장 막사로 가겠습니다."

ㅡ아냐, 올 필요 없어. 네가 이유 없이 보낼 리가 없지. 보낼 이유가 있었던 거 맞지?

"예, 귀가 아프다고 사격 안 한다길래 진단서 요구했고 없다길래 그럼 다 낫고 오라고 했습니다."

－알겠다. 고생하고 여기는 내가 알아서 하마.

"예, 알겠습니다. 충성!"

대한은 박희재의 전화가 끊기길 기다렸고 전화가 끊기기 직전 박희재의 호통이 짧게나마 들려왔다.

'쯧쯧, 내가 새끼 호랑이면 그쪽은 산군인데.'

다른 곳이었다면 대한이 혼났을 수도 있다.

하지만 곧 전역할 사람이 무서운 게 뭐가 있을까?

그저 잘못된 선택을 한 그가 안타까울 뿐.

잠시 후, 식사를 마친 본부 중대 예비군들이 강당에 모두 모였다.

대한이 예비군들을 향해 말했다.

"좀 전에 시끄러운 일이 있었는데 처음에 말씀드렸던 것처럼 통제만 잘 따라 주시면 그 어느 훈련보다 휴식 시간 많이 부여하겠습니다."

이미 대한의 빡센 모습을 봐서 그런지 그 누구도 대한의 말을 믿지 않았다.

역시.

이런 말보다는 확실한 뭔가를 보여 줘야겠지.

대한이 얼른 뒷말을 덧붙였다.

"다들 눈빛에 불신들이 가득하십니다. 좋습니다, 그럼 조금 있다 치를 영점 사격에서 한 번에 합격하신 분들은 특별히 불침번 열외시켜 드리겠습니다."

그 말에 예비군들의 눈이 동그랗게 변했다.

저게 사실일까 싶어서.

이내 누군가 질문했다.

"그럼 만약 전부 합격하면 어떻게 됩니까?"

"그럼 현역들이 알아서 다 서겠습니다."

대한의 시원시원한 대답에 예비군들이 환호하기 시작했다.

"이야! 역시 육사는 뭐가 달라도 다르네!"

"육사! 육사! 육사!"

"육사! 이십사!"

내가 언제부터 육사가 된 거지?

뭐, 상관없나.

내가 직접 말한 건 아니니까.

잠시 후, 본부 중대 예비군들을 사격장으로 인솔했고 예비
군들은 그 어느 때보다 총기 점검에 진심이었다.

참 보기 좋은 모습.

저리 열의를 불태우니 전처럼 사격장에서 사고 날 걱정은 안
해도 될 것 같다.

대한은 총기 점검하는 예비군들을 지켜본 뒤 통제를 하고
있는 정우진에게 다가갔고 대한을 본 정우진이 피식 웃으며 말
했다.

"벌써 한 명 퇴소시켰다며?"

"소문이 벌써 퍼졌습니까?"

"영훈이가 말해 주던데?"

그럴 줄 알았다.

대한이 미소를 지으며 답했다.

"훈련 거부하길래 집으로 보내 줬습니다."

"잘했다. 그런 사람들은 바로바로 보내야 해. 안 그럼 사고나."

"예, 명심하겠습니다."

"좋아, 그럼 예비군들 교육 잘 시키고 준비되는 대로 바로 올려 보내."

"예, 알겠습니다."

다시 예비군들에게 돌아온 대한이 말했다.

"예비군분들 주목해 주시기 바랍니다."

"예에."

"한 번에 합격하시기 위해 열심히 준비하는 모습 아주 좋습니다. 꼭 한 번에 붙으셔서 불침번 열외하셨으면 좋겠습니다. 그러니 그런 의미에서 여기서 조건 하나만 더 달겠습니다."

그럼 그렇지.

대한의 말을 들은 예비군들이 단번에 인상을 쓰기 시작했다.

"치사하게 말 바꾸기 있습니까?"

"이럴 줄 알았으면 대충 준비했지."

"참나, 들어나 봅시다."

생각보다 반응이 더 격한데?

대한은 손을 들어 그들을 진정시킨 뒤 말했다.

"또 왜 이리 반응들이 격하십니까, 별건 아니고 사로에 올라 가신 뒤에 통제에 잘 따라야 한다는 것을 말씀드리려고 했습니다."

그 말에 인상 쓰던 예비군들의 표정이 대번에 밝아졌다.

"그게 답니까?"

"예, 끝입니다."

"에이, 난 또 뭐라고. 당연한 걸로 사람 놀라게 합니까?"

"하하, 죄송합니다."

"군대 갔다 온 아저씨들 중에 사격장에서 장난치는 아저씨들이 어디 있겠습니까? 빨리 올려 보내 주십쇼. 얼렁 쏘고 쉬게."

분위기가 좋다.

대한은 곧장 1조를 투입시켰고 이내 곧 사격장에 사격 소리가 울려 퍼지기 시작했다.

탕! 탕! 탕!

잠시 후, 1조 인원들이 사격을 마치고 내려왔다.

대한은 그들의 영점 표적지를 살폈고 불합격한 인원은 아무도 없었다.

"깔끔합니다."

"저희 불침번 열외 맞죠?"

"예, 맞습니다."

"개꿀!"

1조 예비군들은 예비군 훈련에서 볼 수 없는 행복한 표정으로 대기 장소로 돌아갔다.

나머지 인원들도 부럽다는 듯 그들을 바라봤고 이내 다음 조가 사격을 위해 이동했다.

그렇게 다음 조 사격이 진행되었고 통제를 잘 따른 덕에 빠르게 사격훈련이 마무리 되었다.

대한은 본부 중대 예비군들의 사격 성적을 보고는 미소를 지었다.

"역시 대한민국 예비군입니다. 불합격자는 없습니다. 약속드렸던 대로 훈련 동안 불침번은 모두 제외시켜 드리겠습니다."

"와아!!"

이윽고 정우진에게 경례한 대한이 예비군들을 인솔하여 동원 막사로 이동했다.

그때, 이번 예비군 본부 중대장을 맡은 '박선우'가 대한을 불렀다.

"본부야."

"예, 선배님."

"너 근데 진짜 불침번 빼 줄 수 있냐?"

"예, 가능합니다."

그러나 박선우는 못 믿겠다는 듯 고개를 갸웃거렸다.

"너 예비군들한테 지키지도 못할 약속하면 나중에 피똥 싼다? 이 사람들 아무도 훈련 안 하려고 할 걸?"

그 말에 대한이 사람 좋아 보이는 미소를 지으며 말했다.

"예, 저도 지키지 못할 약속하지 않습니다. 가능하니까 약속드린 겁니다."

"그래? 근데 너 2년 차 중위야?"

"아닙니다. 이제 2년 차 됐습니다."

"······2년 차면 이제 본부 중대 온 거잖아?"

"예, 맞습니다."

"아이고······ 내가 작년에 와 봐서 아는데 여기 본부 행정보급관 빡세더라, 조심해라."

대한이 웃으며 답했다.

"걱정하지 마십쇼, 이 건은 이미 보급관이랑 이야기된 겁니다."

"그래?"

"예, 애초에 예비군 불침번 편성표는 짜지도 않았습니다."

사실이었다.

동원 훈련 전 대한은 진홍길에게 예비군 불침번 편성표를 짜지 말라고 했다.

'어차피 불침번 제대로 서지도 않을 거 내기 상품으로 걸고 통제나 잘하겠다고 했지.'

그러자 진홍길도 납득했다.

다른 사람도 아니고 사람 다루는 능력을 입증한 대한의 제안이었으니까.

박선우가 재밌다는 듯 웃으며 물었다.

"근데 너 작년에도 있었나?"

"예, 1중대 소대장으로 있었습니다."

"그래? 부대 적응 잘했나 보네. 덕분에 편할 것 같아서 좋다."

"선배님이 조금만 도와주시면 최대한 편하게 만들어 드릴 수 있을 것 같습니다."

"하하, 내가?"

"예, 예비군들이 현역 말은 안 들어도 같은 예비군 말은 또 잘 들어 주지 않습니까."

"그래, 도와줄 수 있는 거면 최대한 도와줄게."

분위기가 좋다.

작년과는 달리 예비군 중대장도 꽤 괜찮아 보이는 것 같고.

대한이 웃으며 말했다.

"그럼 선배님만 믿겠습니다."

"그래, 쉽게 가 보자."

대한은 박선우를 믿어 보기로 했다.

하지만 발등은 믿는 도끼에 찍히는 법.

선배에서 원수가 되는 건 아주 쉬운 일이었다.

대한은 예비군들을 동원 막사에 데려다 놓은 뒤 그대로 대대로 복귀했다.

그러고는 곧장 대대장실로 향했다.

"김대한 중위입니다. 들어가도 되겠습니까?"

"어, 들어와."

"충성!"

"통제는 할 만하냐? 마실 거라도 줄까?"

박희재는 대한이 마신다고 하지도 않았는데 이미 냉장고에서 음료수를 잔뜩 들고 오는 중이었다.

대한이 웃으며 음료를 받았다.

"잘 마시겠습니다."

박희재가 대한을 흥미롭게 바라보며 말했다.

"넌 애가 참 옛날 군인 같아."

"그게 무슨 말씀이십니까?"

"마음에 든다고."

퇴소자 때문에 사과하러 온 건데 되려 칭찬을 듣다니.

왜 칭찬하시는 걸까?

자세히 생각해 보니 어쩌면 이게 박희재의 스타일이라 그런 걸지도 모른다는 생각이 들었다.

'이 양반도 옛날에 가차 없이 퇴소시켰나 보네.'

그래서 대한을 칭찬한 것.

하지만 그렇다고 까불 수는 없다.

대한이 어색하게 웃으며 말했다.

"괜히 대대장님 번거롭게 한 게 아닌가 해서 죄송하다고 말씀드리려고 찾아왔습니다."

"알아, 인마. 근데 네가 왜 죄송하냐, 넌 네 위치에서 해야 될 일을 한 건데. 그러니까 그냥 편하게 해. 넌 충분히 잘하고 있으니까."

"하하, 예. 알겠습니다. 감사합니다."

"요즘에 너 같은 군인이 있는 줄 아냐? 다들 장기나 진급 신경 쓰느라 몸 사릴 줄이나 알지. 그러니까 군대가 점점 망해 가는 거야."

대한은 박희재의 말에 피식 웃었다.

그러자 박희재도 웃으며 말했다.

"자식이 웃기는."

"대대장님이랑 있는 시간이 제일 즐거운 것 같습니다."

"큭큭, 그럼 내 전역에 맞춰서 너도 같이 전역하던지."

"명령하시면 그렇게 하겠습니다."

"하여튼 뭔 장난을 못 쳐요. 다 마셨으면 얼른 가 봐라. 예비군들 또 말썽부리고 있을라."

"예. 알겠습니다."

대한은 그대로 대대장실을 나와 인사과로 이동했다.

진홍길이 이미 퇴소 처리를 해 놨겠지만 인사과장으로서 확인은 해야 했다.

대한이 인사과에 들어가자 남승수가 말했다.

"여기까진 어쩐 일이십니까, 본부 중대장님."

"하하, 지금은 인사과장으로 온 겁니다. 아까 낮에 퇴소자 퇴소 처리 잘됐는지 확인하러 왔습니다."

그 말에 남승수가 웃으며 말했다.

"그거 확인 안 하셔도 됩니다. 제가 이미 다 해 놨으니 가서 본업으로 복귀하십쇼."

"오, 웬일이십니까? 언제는 절대 안 도와주시겠다고 하시더니."

"아, 뭐. 그거야 사람 봐가면서 하는 말 아니겠습니까. 과장님 열심히 하는 거 뻔히 아는데 어떻게 다른 사람들과 똑같이 할 수 있겠습니까."

그 말에 대한이 웃었다.

아주 츤데레였구만?

"좋게 봐주시니 저야 참 좋습니다. 인사과장이 다음에 좋은 술로 보답하겠답니다."

"그 말 꼭 지키라고 전해 주십쇼. 아참, 근데 아까 대대장님이 엄청 화나셨던데 혹시 대대장실은 다녀오셨습니까?"

"아, 예. 안 그래도 대대장님부터 뵙고 오는 길입니다. 근데 크게 안 혼났습니다. 오히려 잘했다고 칭찬해 주셨습니다."

"그럼 다행입니다. 인사과부터 오셨으면 실망할 뻔했습니다."

"에이, 순서가 있는데 제가 어떻게 그러겠습니까. 그나저나 처리 잘 되었다니 다행입니다. 남은 기간 동안은 좀 조용해야 할 텐데."

"한 명을 본보기로 일벌백계했으니까 괜찮지 않겠습니까."

"예, 저도 그러길 바랄 뿐입니다. 그럼 좀 있다 뵙겠습니다."

"징그럽게 뭘 또 봅니까. 얼른 고생하러 가십쇼."

"예, 고생하십쇼."

남승수.

편해지니 참 재밌는 사람이다.

대한은 인사과에서 나와 동원 막사로 이동해 예비군 중대장인 박선우를 찾아갔다.

"선배님, 훈련 일정에 대해서 말씀드리겠습니다."

"응? 나한테?"

"예, 작년 일정과 동일하긴 한데 그래도 설명드려야……."

"에이, 아냐. 그냥 네가 알아서 해."

대한은 박선우의 반응에 잠시 고민했다.

'시키면 시키는 대로 한다는 말인가?'

다른 동원 훈련은 몰라도 우리 부대에선 예비군 중대장이 직접 훈련을 시켜야 했다.

물론 대한이 옆에서 다 도와주긴 했지만 그래도 기본적으로 박선우가 해야 할 일들.

그래서 협조가 반드시 필요했다.

'근데 태도를 보면 안 하겠다는 것 같은데…….'

작년에도 대한의 부대에서 예비군 경험이 있던 박선우는 삐딱하게 앉은 채 대한을 향해 손을 휘휘 저었다.

대한이 조용히 한숨을 삼킨 뒤 물었다.

"작년에는 어떻게 하셨습니까?"

"네 선배가 알아서 다 했지."

이것 봐라?

어디서 구라를 치는 거지?

작년에는 평가관이 나왔기에 안 할 수가 없었을 텐데?

대한이 모르는 척 물었다.

"그렇습니까? 근데 이번에는 선배님이 해 주셔야 할 것들이 많습니다."

그 말에 박선우가 슬쩍 고개를 돌려 대한을 보았다.

그러더니 미간을 좁히며 말했다.

"후, 오랜만에 말이 좀 잘 통하는 후배라 생각했건만…… 야, 본부야."

"예, 선배님."

"선배 괴롭히지 말고 저리 가. 어차피 네가 해야 할 일 아니야?"

하.

운도 없지.

작년에 이어 또 이런 놈이 선배라니.

박선우도 학군 출신이라 대한의 선배가 맞았다.

그래서 더 실망스러웠다.

물론 인간 자체가 처음부터 이러진 않았을 것이다.

군복이 사람을 게으르게 만든 것일 터.

대한이 잠시 고민 끝에 대답했다.

"일단 알겠습니다."

"그래, 고생해라."

박선우는 본인의 생각대로 되어 즐거운지 자리에 누워 콧노래를 흥얼거리기 시작했다.

대한은 동원막사를 빠져나와 박선우를 어떻게 처리해야 될지 고민하기 시작했다.

그때, 지나가던 김홍식이 대한을 발견하고는 경례했다.

"충성!"

"어, 홍식아. 고생한다."

"예, 감사합니다."

한결 씩씩해진 김홍식을 보자 갑자기 기분이 좋아졌다.

대한은 기분 전환도 할 겸 김홍식을 불러 스몰토크를 시작했다.

"예비군 선배들이 많이 안 괴롭히냐?"

"장난치시는 분들이 많긴 한데 괜찮습니다. 저 말고 다른 선임들이 고생 중입니다."

김홍식의 선임들은 작년에도 이 예비군들과 동원 훈련을 했기에 더 고생을 하는 중이었다.

그들의 고충이 예상되자 대한이 자기도 모르게 피식 웃으며 말했다.

"그래, 힘들면 말하고."

"예, 알겠습니다."

김홍식은 대한에게 대답한 뒤 몸을 돌렸다.

그러다 다시 대한을 바라보고는 조심스럽게 물었다.

"저…… 중대장님?"

"응?"

"아까 식당에서 있었던 일은 괜찮으신 겁니까?"

식당?

아, 그 퇴사자 그놈?

김홍식의 물음에 대한은 또 한 번 웃음이 났다.

'자식이 이젠 내 걱정을 다 해 주고 말이야.'

대한이 김홍식에게 헤드락을 걸며 말했다.

"자식이, 중대장 걱정도 다 해 주고. 많이 컸다?"

"죄송합니다, 동정 같은 게 아니라 전……."

"알아 자식아. 그리고 죄송은 무슨, 난 괜찮아. 애초에 내가 잘못 한 게 없는데 뭐가 문제겠냐."

"그럼 다행입니다."

"그래, 가서 일 봐."

"예, 고생하십쇼. 충성."

씩씩한 모습으로 멀어져 가는 김홍식.

덕분에 기분이 한결 나아졌다.

'그래, 홍식이도 저렇게 걱정해 주는데 또 부대원들 걱정을 끼칠 순 없지.'

덕분에 머리가 맑아졌다.

그리고 박선우한테도 어떻게 해야 할지 감이 잡혔고.

'병사나 간부나 예비군이면 다 똑같지, 뭘.'

대한은 시간을 확인한 뒤 이내 예비군들을 불러 모아 정렬시킨 후 박선우를 불러 말했다.

"선배님, 강당으로 인솔해 주시면 됩니다."

"아, 네가 해."

"제가 할 일 아닙니다. 선배님께 부여된 임무입니다."

"아는데 네가 하라고."

시끌시끌하던 예비군들은 두 사람의 대화를 듣고는 점점 조용해지기 시작했다.

싸한 분위기가 조성되려 하자 대한이 박선우에게 다가가 조용히 말했다.

"이거 선배님이 하셔야 하는 일입니다."

"알고 있다니까? 근데 그냥 네가 하라고. 네가 해도 되는 거긴 하잖아."

"정말 그렇게 생각하십니까?"

대한은 여전히 웃음을 유지한 채 말했다.

원래라면 그 웃음을 보고도 박선우는 무시했을 터이지만 대한은 현재 예비군법까지 들먹이며 낮에 한 명을 퇴소시킨 상태.

박선우에겐 충분한 위협이 되었다.

대한의 물음에 박선우는 잠시 대한을 노려보더니 이내 한숨을 내쉬며 말했다.

"하, 진짜 피곤하게 하네."

"저도 편하게 해 드리고 싶습니다. 선배님."

"이게 어떻게…… 하, 됐다. 비켜, 인솔할 테니까."

박선우가 대한의 어깨를 일부러 밀치고 지나가며 예비군들을 인솔해 강당으로 향하기 시작한다.

강당에 도착한 뒤, 박선우는 흡연을 위해 흡연장으로 이동했고 대한이 그의 뒤를 따랐다.

박선우는 대한이 따라 나오는 것을 보고는 구석으로 이동했다.

그리고 구석에서 담배에 불을 붙이고는 대한에게 말했다.

"본부야, 너 장기 하냐?"

"예, 장기 자원입니다."

"너 이러는 거 대대장한테 잘 보이려고 그러는 거야?"

무슨 뜻으로 묻는 건지 잘 안다.

그렇기에 고개를 저었다.

"누구한테 잘 보이려고 하는 게 아닙니다."

그 말에 박선우가 어이가 없다는 듯 말했다.

"아니, 잘 보이려고 하는 것도 아니고 나한테 억한 심정이 있는 것도 아닌데 그럼 왜 그래? 내가 현역들도 보고 있어서 참았는데 복귀할 때는 네가 알아서 해라."

억한 심정이 아니라 억하심정이겠지.

너야 말로 참 이상하네.

분명 사격장에서 내려올 때는 사이가 좋았던 것으로 기억하는데?

대한이 당황하지 않고 말했다.

"선배님, 원래 선배님이 해야 하는 일인데 제가 도와드리고 있는 겁니다. 선배님도 잘 아시지 않습니까?"

"작년에는 내가 안 했다니까?"

"작년에는 평가관도 있었는데 어떻게 안 할 수가 있습니까?"

박선우는 대한의 말에 모른 척 담배만 뻐끔거렸다.

그래.

내가 만만하다는 거지?

대한이 조용히 한숨을 내쉬며 말했다.

"선배님한테 실망하고 싶지 않습니다. 할 것만 해 주시면 나머지 시간은 편하게 해 드리겠습니다."

빈말이 아니었다.

대한은 실제로 예비군들 불침번도 제외시켜 주었으니까.

박선우도 그 사실을 알기에 얼마간 연기만 마시다 이내 고개를 끄덕였다.

"그래, 알겠다. 근데 너 너무 열심히 하는 거 아냐?"

"그럼 힘 좀 빼 보겠습니다."

"그래, 잘 지내보자."

박선우는 대한의 어깨를 툭 쳐 준 뒤 강당으로 향했다.

그리고 대한은 박선우의 뒷모습을 보며 생각했다.

'제발 잘 좀 지내보자.'

이윽고 대한까지 강당에 들어가자 비로소 박희재의 정신교육이 시작되었다.

박희재는 정신교육을 아주 빠르게 끝내주었다.

계획보다 빨리 끝난 교육에 예비군들이 환호를 내질렀고 대한은 박선우에게 눈치를 줬다.

박선우는 귀찮다는 표정으로 자리에서 일어나 본부 중대 예비군들을 통제하기 시작했다.

다행이었다.

그래도 말이 통하긴 하는 모양.

예비군들이 동원 막사로 들어간 걸 본 대한은 바로 지휘소로 향했고 대한을 기다리고 있던 진홍길이 대한을 반갑게 맞아 주었다.

"보고 싶었습니다, 보급관님."

"하하, 저희 같은 부대 있는 거 맞습니까? 어떻게 하루 종일 못 봅니까."

"그러게나 말입니다."

대한이 편하게 자리에 앉자 진홍길이 종이 하나를 그에게 내밀었다.

"이게 뭡니까?"

"근무표입니다."

"아, 근무."

"근데 문제가 하나 있습니다."

"무슨 문제 말입니까?"

"중대장님은 대대 막사랑 동원 막사, 두 군데 모두 근무가 잡혀있습니다."

근무표라길래 당연히 동원 막사 불침번 근무표인 줄 알았다.

근데 진홍길이 보여 준 종이는 간부들의 상황 근무표였다.

'하, 겸직의 리스크를 여기서 또 발견하네.'

본부 중대장이었기에 동원 막사도 지켜야 했고 인사과장으로서 대대 막사도 지켜야 했다.

둘 중 하나는 제외를 시켜 줬으면 싶었지만 양쪽 다 그럴 수 없는 상황이었다.

동원 막사를 비우게 되면 진홍길이 밤새 고생해야 했고 대대 막사에서 제외된다면 안 그래도 부족한 참모진들이 고생해야 했다.

'뭐, 어쩌겠나. 내가 선택한 길인데.'

대한은 좋게 생각하기로 했다.

겸직을 통해 얻을 걸 생각하면 이런 고생은 고생도 아니었으니까.

'군 생활 내내 겸직했다는 게 남을 텐데 이깟 게 대수랴.'

대한이 미소를 지으며 말했다.

"괜찮습니다. 잊고 있던 거라 당황스럽긴 한데 기껏해야 이틀 못 자는 거 아닙니까. 그 정도는 거뜬합니다."

"힘들면 언제든지 말씀하십쇼. 하루 정도는 대신 서 드리겠습니다."

"하하, 아닙니다. 제가 할 일인데 제가 해야죠. 그나저나 운 좋게 초번이랑 둘번에 다 잡혀 있습니다?"

"저희 중대장님 고생 덜 하시라고 제가 싹 바꿔 놨습니다."

"역시 보급관님밖에 없습니다."

참 다행이었다.

이러면 부담이 좀 줄어드니까.

진홍길의 배려에 든든함을 느낀 대한이 이어 물었다.

"혹시 뭐 일과 중에 특이 사항 있었습니까?"

"그런 게 있겠습니까. 완벽하게 굴러가는 중입니다."

그 말에 대한이 웃었다.

그래.

이런 게 바로 팀이지.

중위 중대장으로서는 누리기 힘든 보급관의 전적인 믿음.

이게 가능한 이유는 전부 다 김홍식 덕분이었다.

'이영훈한테 태클 받아 가며 홍식이를 사람 만든 보람이 있네.'

이래서 거래가 참 중요한 것이다.

그런데 그때, 별안간 뭔가가 생각났는지 진홍길이 눈을 좁히며 말했다.

"아, 맞다. 이건 그냥 제 우려일 수도 있는데 아까 퇴소시킨 예비군 있잖습니까?"

"흠, 그 예비군 이야기가 많이 들리네요. 예, 뭔 일 있습니까? 퇴소 처리도 잘되어 있던데."

"그냥 제 감인데 별로 느낌이 안 좋습니다. 행정반에 들렀다가 나갈 때 복수한다고 엄청 궁시렁대는 걸 들었습니다."

복수라……

그게 정말 가능하다고 생각하는 건가?

끽해야 민원일 텐데 뭐로 민원 넣으려는 거지?

대한이 대수롭잖다는 듯 손을 저으며 말했다.

"전 괜찮습니다. 민원 넣으면 넣는 대로 방어하면 됩니다."

그렇게 생각했다.

근데 그놈은 생각보다 더 또라이였다.

동원 훈련 2일차.

아침 식사를 마치고 훈련장에서 훈련에 대한 설명하던 중위병소에서 전화가 왔다.

"예, 김대한 중위입니다."

─충성! 위병조장입니다. 훈련 중에 죄송합니다.

"아니야, 괜찮아. 무슨 일이야?"

─다름이 아니라 위병소에 어제 퇴소했다는 예비군이 와서 대대장님과 대화 중입니다. 근데…….

대한은 휴대폰에 귀를 기울였고 위병조장이 말하는 대화가 그냥 대화가 아니라는 걸 알 수 있었다.

휴대폰 너머로 박희재의 목소리가 들려왔는데 위병소 전화에서 들릴 정도라면 필시 고함을 지르는 중이란 걸 알았다.

"바로 내려간다."

─예, 알겠습니다.

대한은 서둘러 위병소로 향했고 위병소에서는 박희재가 어제 퇴소한 예비군에게 소리를 지르고 있었다.

"네가 훈련 못 받겠다고 했다며?! 그래서 퇴소시켜 준 건데 뭐가 불만이야! 어디 군대도 멀쩡하게 갔다 온 놈이 일과 중에 군부대로 찾아와서 따지고 있어? 안 꺼져?"

핏대를 올리는 박희재.

그러나 그 앞에 있는 퇴소자는 어제와는 달리 여유가 넘쳐 보였다.

"따질 게 있으니까 다시 찾아왔죠. 당신한테만 따질 건 아니니까 빨리 불러와요. 아니면 들어가게 해 주던지. 출입증 끊는

다니까?"

"당신? 지금 당신이라고 했어?"

더 놔뒀다간 박희재가 주먹이라도 날릴 것 같아 대한이 얼른 달려가 박희재를 잡았다.

"대대장님, 일단 진정하십쇼."

"대한이 네가 여긴 어떻게 왔냐?"

"위병조장이 전화해 줘서 알았습니다."

박희재는 안절부절하고 있는 위병조장을 보고는 미간을 찌푸렸다.

"연락하지 말라니까……."

대한은 괜히 위병조장에게 불똥이 튈까 싶어 서둘러 박희재에게 말했다.

"제가 와야 빨리 해결되는 일 아닙니까. 저런 놈한테 괜히 심력 소모하지 마시고 저한테 맡겨 주십쇼. 제가 금방 해결하겠습니다."

그러자 박희재가 대한에게 조용히 말했다.

"후…… 대한아, 근데 일이 좀 커질 것 같다. 저 미친놈이 변호사를 데려왔다니까?"

"……예?"

변호사를 데리고 왔다고?

대한이 시선을 옮기자 예비군 뒤로 깔끔하게 차려입은 한 남자가 보였다.

그의 재킷에는 변호사 배지가 붙어 있었는데 그래서 더 황당했다.

'아니, 이게 변호사를 데려온다고 달라질 일은 아닐 텐데?'

그나저나 변호사도 데려오고 진짜 뭐가 있긴 한가 보네.

변호사의 존재에 놀라기도 잠시, 대한이 어이가 없다는 듯 퇴소한 예비군에게 물었다.

"개인 변호사도 있습니까?"

"없을 줄 알았어? 하기야 내가 누군지도 모르니까 그딴 식으로 행동하지."

"네가 누군데?"

"……지금 반말한 거야?"

"네가 반말하길래 친구 먹자는 줄 알았지."

"하, 미치겠네."

"미치지 말고 누구냐는 질문에 대답 좀 해 줄래? 궁금하니까?"

"너 같은 군바리 새끼들은 절대 만지지도 모으지도 못 할 돈을 가진 사람이지."

그렇군.

돈이 많은 녀석이었어.

근데 얼마나 있길래 저리 깝치는 걸까?

회귀자인 나보다 더 많은 건가?

아님 나보다 더 많이 벌 수 있는 능력이라도 가졌나?

하나 한 가지 확실한 건, 말하는 꼬락서니를 보건데 그 돈이 얼마든 간에 절대 자기가 번 돈은 아닐 것 같다는 것이었다.

대한이 피식 웃으며 말했다.

"뭐 얼마나 있는데?"

"뭐?"

"얼마나 갖고 있길래 그렇게 이빨 터냐고. 그리고 돈 많은 게 뭐? 네가 잘 모르는 것 같아서 말해 주는 건데 세상 넓다? 너보다 잘났지만 조용히 사는 사람이 얼마나 많은 줄 아냐?"

대한은 진심이었다.

회귀자인 자신도 조용히 사는데 제깟 게 뭐라고?

그러나 이번엔 예비군이 대한을 비웃으며 말했다.

"돈도 없는 놈이 야부리는 또 존나게 털어요. 후달리면 후달린다고 해. 근데 왜 너만 왔냐?"

"뭐?"

그때였다.

진홍길이 김홍식과 함께 위병소로 달려왔다.

"하아, 중대장님 벌써 와 계셨습니까?"

"보급관님이 여기 왜……?"

"저놈이 저도 찾았답니다."

"그러니까 보급관님을 왜 찾습니까?"

진홍길은 대한의 물음에 어색하게 웃으며 답했다.

"하하, 사실 어제 저도 욕 좀 했습니다."

"예? 도대체 왜……?"

"아니, 중대장님한테 복수한다 이런 소리 하는데 그냥 보내는 보급관이 어디 있겠습니까. 저놈 저랑 한판 한 뒤에 대대장님 찾아가서 또 욕먹었습니다."

대한은 진홍길의 말을 듣고는 고개를 내저었다.

'어제 물어봤을 땐 분명 별일 없다고 했었는데.'

아마 진홍길의 입장에서 대한에게 따로 보고할 가치도 없는 일이라고 생각했겠지.

대한은 박희재와 진홍길을 보며 미소를 지었다.

'참 든든한 아저씨들이야.'

대한을 위해 화를 내주었고 이렇게 불려오기까지 하다니.

혹시나 무슨 일이 생긴다면 책임지고 도와줘야겠다고 생각했다.

근데 김홍식 저놈은 왜 같이 온 거야?

일단 그게 중요한 게 아니니 다시 시선을 옮겨 예비군에게 물었다.

"근데 변호사는 왜 데리고 온 거야? 우리가 경찰서나 법원에서 만날 일은 없을 것 같은데?"

대한이 아무리 생각해 봐도 변호사를 데리고 올 필요는 없을 것 같았다.

그도 그럴 게 잘못한 것이 없으니까.

잘못한 것이 있다면 오히려 예비군 쪽에 있었다.

대한의 물음에 그가 고개를 저으며 말했다.

"쯧쯧, 이래서 없는 것들이란…… 너희가 법에 대해 뭘 알겠냐? 모욕, 협박, 폭행 셋 중에 한번 골라 봐."

"뭔 개소리야?"

"왜? 내가 없는 말 지어내는 것 같아? 하여튼 법도 모르는 놈이 설치고 다니니까 이 나라 군대가 이렇게 개판이지."

군법에 쫄아서 나간 놈이 할 소리는 아닌 것 같은데…….

대한이 어이없는 표정으로 그를 바라보고 있자 변호사라는 사람이 다가왔다.

"안녕하세요, 문성주 씨 개인 변호사 정일현이라고 합니다."

"아, 예."

"말씀드린 세 가지가 모두 해당되시는 분은 본부 중대장 김대한 중위님이시고 나머지 두 분은 협박과 폭행에 해당하십니다."

이건 또 무슨 개소리야?

대한이 황당함에 가만히 쳐다보고만 있자 변호사가 웬 서류를 꺼내 내밀었다.

"이건……."

"어제 발급 받아 온 진단서입니다."

서류의 정체는 진단서였다.

대한은 황당함에 서류와 두 사람을 번갈아 가며 보았다.

"……때린 적이 없는데 어떻게 진단서가 있을 수 있습니까?"

진심이었다.

때린 적이 없었으니까.

저놈 저거 변호사인 척 사칭하는 사기꾼 아냐?

그러자 변호사가 진지한 표정으로 서류를 내밀었다.

"읽어 보시면 됩니다."

대한은 정일현이 건넨 종이를 받아 읽어 보았다.

"고막 손상……? 이걸 언제 당한 건데요?"

"세 분이서 지른 소리에 귀가 많이 아프시다고 합니다. 그렇잖아도 어제 귀가 아파서 사격도 빼 달라고 요청드렸는데 무시하셨지 않습니까."

"아이 아파라……."

변호사의 말에 문성주가 귀를 만지며 아픈 척하기 시작한다.

그러더니 한쪽 입꼬리를 올리며 말했다.

"어제 집 가는 내내 토할 것 같더니 글쎄 고막 손상을 입었다지 뭡니까? 내 귀 어떻게 할 거야?"

진심인가?

대한은 문성주의 태도에 역겹다는 듯 미간을 찌푸리며 물었다.

"적당히 좀 해라. 쪽팔리지도 않냐? 아니, 이런 건 변호사님이라도 좀 말리셔야 하는 거 아닙니까? 배울 만큼 배우신 분이 왜 안 말리십니까."

대한의 말에 정일현은 침묵을 유지했다.

그래.

변호사한테 무슨 죄가 있겠냐.

저 사람도 고용된 사람일 뿐일 텐데.

그나저나 일이 이렇게 되면 나도 변호사를 쓸 수밖에 없겠네.

대한은 오랜만에 오정식한테 일이나 좀 시켜 볼까 생각했다.

그런데 그때였다.

진홍길을 따라 뛰어온 김홍식이 대한에게 다가와 말했다.

"중대장님."

"어, 홍식아. 너 보급관님 따라다니다 같이 온 거지? 여기 안 있어도 돼. 가서 일 봐."

애 앞에서 별 꼴을 다 보여 주네.

대한은 얼른 김홍식으로 보내려 하였으나 의외로 김홍식은 대한의 눈치를 보고는 다시 입을 열었다.

"그게 아니라…… 중대장님만 괜찮으시면 제가 이 문제에 대해 조금 도와드릴 수 있을 것 같습니다."

"응? 어떻게?"

"대신 대화를 좀 해 봐도 되겠습니까?"

"누구랑?"

"저 변호사랑 대화를 좀 해 보겠습니다."

대한이 말릴 틈도 없이 김홍식은 그대로 정일현을 보고 물었다.

"폭행은 일단 놔두고 모욕과 협박은 어떻게 되는 겁니까?"

정일현은 김홍식의 계급장을 보고 무시하려다 이내 설명해 주기로 했다.

어차피 해야 될 설명이었으니까.

"김대한 씨가 문성주 씨에게 예비군들이 보는 앞에서 한 발언의 내용을 확인했고 공연성과 모욕성을 충족하기에 처벌받을 수 있습니다."

"제가 그 현장에 같이 있었는데 저희 중대장님은 직책을 수행함에 있어 해야 될 말씀만 하셨습니다. 오히려 처벌은 저 예비군이 받아야 하는 건데 모르시는 건 아니죠?"

"저보다 법을 잘 아십니까? 제가 판단했고 처벌이 가능할 것 같으니까 같이 온 것입니다."

김홍식은 정일현의 말에 고개를 끄덕이고는 다시 대한에게 돌아왔다.

대한은 김홍식이 아무 성과를 거두고 오지 못했음에도 무안하지 않게 그를 칭찬했다.

"홍식이 말 잘하네, 수고했다."

"아닙니다. 그보다 중대장님, 저 잠시 휴대폰 좀 빌려주실 수 있으십니까?"

"휴대폰? 왜? 법령 검색해 보려고?"

"그게 아니라 아버지께 전화 한 통만 하게 해 주시면 감사하겠습니다."

"……아버님한테?"

뭐지?

생각지도 못한 부탁에 대한은 호기심이 돌아 휴대폰을 건네주었다.

그러자 김홍식은 바로 아버지께 전화를 걸었다.

"아버지, 저 홍식이에요."

대한과 진홍길, 그리고 박희재는 가만히 김홍식의 행동을 지켜보았다.

김홍식은 간략하게 상황 설명을 하였고 얼마 뒤 전화하던 휴대폰을 정일현에게 내밀었다.

"아버지가 전화 좀 바꾸라고 하십니다."

"······예?"

정일현의 되물음에 김홍식은 대답 대신 휴대폰을 한 번 더 내밀었다.

정일현은 어이없다는 듯 김홍식을 바라보고는 휴대폰을 받아 들었다.

그리고 김홍식의 아버지와 통화를 시작했다.

그렇게 인사를 한 순간, 일순 정일현의 두 눈이 휘둥그레 커졌다.

"아, 예. 안녕하십니까. 정일현이라고 합니다. 예, 예. 알겠습니다. 예."

정일현은 공손하게 두 손으로 휴대폰을 들고 최선을 다해 대답했다.

그러자 문성주가 미간을 찌푸린 채 말했다.

"뭐해요? 빨리 전달해 줄 거 전달해 주고 가요. 뭔 병사 아버지 전화를 받고 있어?"

대한도 같은 생각이었다.

하지만 분위기가 뭔가 이상하게 흘러가는 중이었다.

정일현은 '예'만 반복할 뿐 그 어떤 말도 하지 않았다.

그렇게 잠시 전화가 이어졌고 이내 정일현이 김홍식에게 휴대폰을 공손하게 전했다.

"통화 잘했습니다."

김홍식은 휴대폰을 건네받고는 그의 아버지에게 말했다.

"제가 다시 연락드릴게요. 예, 잘 지내고 있어요."

정일현은 김홍식의 전화가 끊어지기를 기다렸다. 그러고는 전화를 끊자마자 세 사람을 향해 고개를 숙였다.

"국가를 위해 바쁘게 일하시는데 귀한 시간을 뺏어 죄송합니다."

"⋯⋯예?"

"저흰 이만 가 보겠습니다."

정일현이 그대로 문성주를 잡아끌고 위병소를 벗어나기 시작했다.

문성주는 인상을 잔뜩 쓴 채 불만을 토했지만 정일현은 오히려 끌어내듯 문성주를 데리고 자신의 차로 향했다.

이윽고 문성주를 차에 태운 정일현이 대한의 일행을 향해 90

도로 허리를 숙이고는 위병소를 벗어났다.

그 모습에 대한은 물론 자리에 있던 모두가 황당한 표정으로 서로를 쳐다보았다.

"무, 뭐지?"

"갑자기 왜 저러는 거야?"

그때, 뒤늦게 정신이 든 대한이 김홍식에게 물었다.

"호, 홍식아. 아버님이 대체 뭐라고 했길래 저 사람이 갑자기 저러는 거야?"

"자세한 건 저도 다시 여쭤봐야겠지만 아버지 성격상 그냥 조곤조곤 따지셨을 겁니다."

"따지기만 했는데 저렇게 간다고?"

뭐지?

협박이라도 하신 건가?

근데 무슨 힘으로?

그도 그럴 것이 그의 아버지의 직업은 자영업자라고 기재되어 있었으니까.

'설마 건달 뭐 이런 건가? 그럼 진짜 곤란해지는데……?'

대한은 그것만은 아니길 바라며 물었다.

"그…… 홍식아, 혹시 아버님 직업이 어떻게 되시냐? 정확히 어떤 자영업을 하시는 거야?"

"그냥 작은 법률사무소 하나 운영하십니다."

"……뭐? 혹시 아버님께서 변호사시니?"

"예, 검사로 계시다가 퇴직하시고 다른 법률사무소에 계시다가 제가 입대하기 얼마 전에 따로 개업하셨습니다."

그 말에 대한은 물론 박희재와 진홍길까지 모두가 놀란 표정을 숨기지 못했다.

'아니, 보통 법률사무소 같은 건 자영업이라고 안 하지 않나?'

전혀 예상치 못한 사실…….

아니, 예상치 못한 전력에 세 사람은 혀를 내둘렀다.

그러나 정작 김홍식은 별생각이 없어보였다.

'비싼 축구화 보내 줬을 때부터 뭔가 좀 다르다싶더니 검사 출신 변호사이셨을 줄이야.'

그나저나 같은 변호사끼리 통화 좀 했다고 저렇게 도망가듯이 갈 필요가 있나?

대한은 궁금한 것이 많았지만 일단 훈련 중이었기에 천천히 물어보기로 하고 얼른 상황부터 정리했다.

"대대장님, 일단 잘 끝난 것 같으니 전 훈련하러 이동해 보겠습니다."

"어어, 그래. 얼른 가 봐라."

"예, 충성!"

대한이 훈련장으로 복귀하는 길 곰곰이 생각을 해 보았다.

'뭔가 숨기는 게 많은 놈인 것 같네.'

김홍식의 정보가 빈약해도 너무 빈약했다.

필요한 부분은 다 들어가 있긴 했지만 그래도 신병이 그렇게 빈약하게 적진 않는다.

　신병교육대마다 좀 다르긴 했지만 그래도 자기소개서처럼 상세하게 적혀 오는 것이 대부분이었다.

　'그래도 일단 가장 놀라운 건 지나간 것 같네.'

　아버지가 검사 출신 변호사라니.

　수백 명의 병사들 중 그런 배경을 가진 병사가 하나쯤은 있을 수도 있다고 생각했지만 그게 설마 김홍식일 줄이야.

　'이러니 병력관리는 잘하고 봐야 해.'

　운이 좋았다.

　아니, 저 예비군이 다시 찾아온 것 자체가 운이 나쁜 건가?

　일단 귀찮은 일이 해결됐으니 참 다행이었다.

　대한은 가벼운 마음으로 훈련장에 복귀했다.

　예비군들은 대한이 없는 틈을 타 제대로 쉬고 있었다.

　'분명 총을 준 것 같은데…… 들고 다니는 사람이 없네.'

　그렇다고 딱히 그것에 대해 지적하진 않았다.

　그런 지적은 하나마나였으니까.

　이윽고 시간을 확인한 대한이 예비군들을 불렀다.

　"자, 모이시죠. 설명하던 것마저 하고 바로 훈련 들어가겠습니다."

　본부 중대가 오늘 하루 종일 해야 할 훈련은 지휘소 구축이었다.

24인용 군용텐트를 설치했다가 접었다가 반복만 하면 되는 간단한 훈련.

하지만 방법이 간단한 거지 이게 또 굉장히 힘든 훈련이기도 했다.

'힘이랑 체력을 요구하는 훈련이니까.'

당장 캠핑장 가서 작은 텐트 하나 치는 것도 힘든 편인데 길이 10m, 폭 5m나 되는 거대한 텐트는 얼마나 힘들겠나.

물론 많은 병력이 붙는다지만 병력이 많다고 쉬운 건 또 아니었다.

사공이 많으면 배가 산으로 간다고 병력들이 많을수록 통제가 잘되어야 편한 훈련이었다.

그래서 걱정이었다.

현역들 데리고 해도 오래 걸리는 훈련인데 예비군들은 또 얼마나 오래 걸리겠는가?

대한은 빠르게 설명을 마치고 시간을 확인한 뒤 예비군들에게 물었다.

"작년에 설치해 보셨던 분 거수해 주시기 바랍니다."

많은 수의 예비군들이 손을 들었고 대한이 웃으며 말했다.

"그럼 빨리 설치하시겠습니다들? 30분 정도면 되겠습니까?"

대한의 기준으로 굉장히 넉넉한 시간을 부여했다.

하지만 예비군들은 아니었다.

"이걸 어떻게 30분 만에 칩니까?"

"인심 쓰는 척하네. 너희 중대장 좀 이상하다."

"아, 난 모른다. 현역, 너희들이 알아서 해라."

대한은 예비군들의 야유에 조용히 한숨을 쉬며 말했다.

"대신 30분 만에 성공하시면 다신 안 시키겠습니다."

그 말에 예비군들이 눈빛을 빛냈다.

"정말입니까?"

"예, 오늘 훈련 그 자리에서 바로 종료하고 일과 끝날 때까지 노터치 하겠습니다."

그 말에 그제야 예비군들이 웃으며 움직이기 시작했다.

"진작 그렇게 이야기하시지."

"30분 할 수 있지? 현역 너희들만 믿는다."

"이번 예비군 개꿀이네."

대한은 예비군들이 움직이기 시작하자 박선우를 불렀다.

"선배님이 통제해서 진행하시면 됩니다."

"내가?"

"예, 예비군들 지휘관은 선배님이십니다."

"후, 그래. 알겠다."

박선우는 더 입씨름하기 싫은지 바로 대답했다.

대한은 거기에 더해 한 가지 조건을 더 추가했다.

"아참. 그리고 이 훈련에서 현역들은 다 빠질 겁니다."

그러나 박선우는 더 이상 말도 섞기 싫은지 대강 대답했다.

"아, 예. 네 마음대로 하세요. 대신 30분 안에 치면 훈련 종료

약속이나 지켜."

"예, 그 자리에서 바로 종료시키겠습니다."

쉬워 보였나?

현역을 제외한다고 했음에도 상관없다는 듯 별 말이 없다.

오랜만에 해서 쉽지 않을 텐데…….

대한이 현역들을 불러 모으자 예비군 중 하나가 박선우에게
불만을 토했다.

"아니, 현역들을 빼면 어떻게 합니까?"

"인원이 이렇게 많은데 쟤들 빠진다고 상관있겠습니까."

"그래도 현역은 있어야 할 건데…….."

"30분이면 담배 피우고 와서 시작해도 가능합니다. 시작해 보
시죠."

대한은 예비군들에게 시달리던 현역들을 쉬게 한 뒤 그들의
훈련을 구경했다.

역시 병장 짬밥은 무시 못 한다고 대한민국 예비군의 저력
을 보여 주었다.

그러나 그것도 초반에만 잠시 반짝.

사공이 많자 이내 박선우의 말을 안 듣기 시작하더니 곳곳에
서 삐걱대기 시작했다.

그렇게 15분이 지난 시점.

텐트의 기둥인 용마루도 아직 못 올렸고 급기야 30분이 모두
지났을 때도 지휘소는 구축되지 못했다.

시간을 확인한 대한이 예비군들에게 말했다.

"30분 지났습니다. 원상복구 해 주십쇼."

그러자 예비군들에게서 불만이 터져 나오기 시작했다.

"내가 하자는 대로 했으면 됐다니까?"

"아니, 사장님. 힘준 거 맞아요?"

"이걸 또 해야 해?"

박선우는 예비군들의 눈치를 살피며 대한에게 다가왔다.

"본부야, 현역들 좀 주고 다시 하자. 원래 전시에는 다 같이 하잖아. 지금도 같이해야지."

"현역들은 훈련할 필요 없습니다. 이미 완벽합니다. 동원 훈련은 예비군분들이 실력을 찾는 훈련이니 예비군끼리 하셔야 합니다."

대한은 칼같이 거절했다.

봐주는 건 봐주는 거고 훈련은 훈련이니까.

그러자 박선우가 미간을 찌푸린 채 말했다.

"야, 넌 이거 해 보고나 하는 소리냐? 이게 30분 만에 가능할 거라고 생각하냐?"

"아깐 가능하다고 하셨지 않습니까. 심지어 저희 기준에선 넉넉하게 드린 겁니다."

"이게 어떻게 넉넉하냐? 다들 땀 흘리고 있는 거 안 보여? 열심히 해도 안 된다니까?"

그 말에 대한은 잠시 고민하더니 이내 옅게 웃으며 말했다.

"그럼 내기하시겠습니까?"

"뭐?"

"저희가 30분…… 아니 15분 만에 다 해내면 오늘 예비군분들한테 휴식 시간 부여하지 않겠습니다. 어떠십니까?"

대한은 진심이었다.

다음 권으로 이어집니다

로또부터
장군까지

천재 셰프 회귀하다

신사 현대 판타지 장편소설

독보적 미각의 천재 셰프
절망의 불구덩이에서 다시 기회를 얻다!

가스 폭발에서 사람을 구한 대가로
미각도, 손도 잃은 도진
재기를 마음먹은 어느 날
또다시 가스 폭발 사고에 휘말리고
한 번만 더 불 앞에 서기를 바라며 눈을 감는데……

미각과 손을 가져간 화마, 2회 차 인생을 선물하다?

고등학생으로 회귀한 후
과거의 지식과 경험을 바탕으로
요리계에 지각 변동을 일으키다!

요식업계 초신성에서 파인다이닝 오너 셰프까지
요리 명장의 인생 플레이팅!

송장벌레 신무협 장편소설

귀신같은 창귀槍鬼가 돌아왔다,
때 묻지 않은 어린 시절의 몸으로!

피로 몸을 씻던 전장의 말단 독종
구르고 굴러 지고의 경지까지 올랐으나……

혈교의 혈겁을 막기 위한 회귀인가
의형제의 복수를 위한 회귀인가
알 수 없다
전생에서 그를 막던 모든 것을 치울 뿐

"내 의형의 가슴팍을 칼로 도려내기도 했고?"
"무, 무슨 소리야…… 그런 적 없어!"
"그런 적 있어. 기억은 안 나겠지만."

매 걸음마다 피도 눈물도 없는 전투
세상 모든 것이 그를 꺾으려 든다!

빌런 경찰 이진우

경찰 이진우

이해날 현대 판타지 장편소설

『어게인 마이 라이프』작가 이해날의
뒷목 잡는 특제 막장 복수극이 펼쳐진다!
『빌런 경찰 이진우』

인수합병을 통해 굴지의 대기업 진백을 세운 백동하
임종의 순간, 믿었던 가족과 친구에게 배신당하고
과거와 미래를 보는 능력을 가진 경찰 이진우로 깨어나다!

배신자들에게 지옥을 보여 주기로 결심한 진우는
특별한 능력과 기업사냥꾼으로서의 지식을 활용해
경찰로서 진백을 공략하기 시작하는데……!

전직 회장이 보여 주는 기업사냥의 진수!
상상을 뛰어넘는 대기업 흔들기가 시작된다!